“Lennon”

～ボクの声が叶えてくれたこと～

大槻 水澄
MISUMI OTSUKI

"Lennon"

～ボクの声が叶えてくれたこと～

CONTENTS

装　丁　みやしたともこ（デザインポット）

プロローグ

ボクは腐っていた。

一体全体なんだって、あんなこと言われなくちゃいけないんだ。ボクが一体、何をしたって言うんだ。

腹立ちと悔しさで頭の中がぐらぐらとゆれ、無力感でカラダの芯が痛んだ。人生最悪の気分だ。

帰り際に、いきなりバイトをクビになったのだ。なんの前触れもなく、いきなりだ。それも、他のバイトの子たちの目の前で。

談話室で帰り支度をしながら、みんなで談笑していた時のことだ。店長の飯村が部屋に入ってきたかと思うと、いきなりキレはじめた。まったくの寝耳に水。飯村の口から出てくるのはまともな大人のセリフとは思えない、言いがかりばかりだった。

ああいうのをパワハラっていうんだ。ふざけるなよな。

ボクはみんなに顔を見られたくなくて、店を出ると真っ直ぐ、駅とは反対の方向に歩き出した。

どこをどう歩いたのかはわからない。渋谷から代官山を抜けて、気がつけば、川沿いの道をとぼとぼと歩いていた。

8月の目黒川は水位がすっかり下がって、ドブのような異臭を放っている。首筋からじっとりと汗が噴き出した。

「おまえさぁ、暗いんだよね」歩きながら、飯村の意地の悪い声を、何度も反芻していた。

「おまえさぁ、暗いんだよね。まわりとちゃんとコミュニケーション取れてないじゃん。ぼそぼそぼそ、なに言ってんのかわかんないし、キッチンに注文は通せないし。おまけに何をやらしても遅くてさ。おまえの声聞いてると、士気が下がるっていうか、いらっとするっていうか。とにかく店の雰囲気悪くなるわけ」

飯村がボクのことが気に入らないのは、以前から知っていた。

今年4月、ボクのことを可愛がってくれた前の店長、田中さんが郊外の店舗に飛ばされて、代わりにやってきたのが飯村だ。売り上げを上げるために本社から送り込まれてきたという飯村のせいで、アットホームで楽しかったお店の雰囲気はがらりと変わってしまった。

お化粧のしかたや私語についてまで厳しい規則がもうけられ、バイトの女の子たちの何人かは、間もなくやめてしまった。

ボクも一年以上お世話になっていた田中さんのことを、忘れられないようなところがあって、知らず知らず、態度に表れていたのかもしれない。

飯村はそんなボクが気に入らないようだった。

挨拶が暗い、お客さんが気持ちよくオーダーできない、調理場への注文が通らない…折りに触れ小言を言っては、ボクに倉庫周りの品だしをさせたり、調理場の食器洗いをさせたりと、店の奥へ奥へと押しやった。ボクが自分からやめるというのを待っているかのようだった。

もちろん、やめちゃおうかな、と思ったことがないわけではない。やめなかったのには、ボクなりの理由があったんだ。

「お客さんってのはさ、カフェのムードにお金を払うワケよ。垢抜けないヤツが働いていれば、店が垢抜けなく見える。暗いやつに接客されたら、お客さんの楽しい気分は台無し。それじゃあ、また来て、お金落っことそうと思わないじゃん？おまえみたいにさぁ、どう見てもカフェとかバーとか無縁のヤツがウェイターやってると、マイナスイメージははなはだしいワケ」

悔しかった。

ボクだって、自分が社交的じゃないことぐらいよくわかってる。

それでも、一所懸命感じよく、明るく接客してきたつもりだし、注文だってできるだけ声を張ってやってきた。注文が通りにくくなったのは、最近忙しくなって、調理場が騒がしくなってきたからで、一所懸命声を出すと、すぐ声が枯れちゃうのは、生まれつきなんだから、どうしようもないじゃないか。暗いとか、垢抜けないとか、なんで、あんな酷いことを言われなくちゃいけないんだ。よりにもよって…

頭の中でことばがぐるぐると巡る。どうせクビになるのに、一言も言い返せなかった自分が悔しくて、気持ちはどんどん滅入った。

いつのまにか川沿いのオシャレなカフェが建ち並ぶ一角にさしかかっていた。後ろから来る車をやり過ごして、道の傍らに身を寄せると、目の前の道が少しだけ奥に入り込んでいることに気づいた。車寄せのために奥まって建てたと言うよりは、土地の形が昔からそんな風に三角形に切り取られているかのようだ。

ふと目をやると、その斜めに切り取られた土地の片隅に大きな木製の扉が見えた。ノブがやけに凝った作りの洋風の扉で、窓はどこにもない。

ヨーロッパ風の鉄製の小さな看板に「Lennon《レノン》」という文字が切り抜かれていた。

こんな店、あったかな？　大好きなジョン・レノンのスペルを指先で描いて、ほんの一瞬、ボクの気持ちがゆるんだ。細く開けられたドアの隙間から、〝Imagine《イマジン》〟が聞こえてきた。

なんだ。そのまんまじゃん。なんのひねりもないね。

皮肉な一瞥を投げて、また歩き出したボクの頭の中に〝Imagine《イマジン》〟の冒頭の歌詞が巡った。

　想像してごらん　天国なんてない

天国なんかない。

今のボクには「天国なんかない」っていうのは一番ぴったり来るフレーズだ。たぶんジョン・レノンは、誰かを救いたかったんだろうけど、そのことばは今日のボクの気分を余計に滅入らせた。

また下を向いて歩きだそうとした瞬間、「お前みたいに、どう見てもカフェとかバーとか無縁のヤツが…」という飯村の声が、稲妻のように蘇った。

ボクは、衝動的にきびすを返し、気がつけばLennonの扉を開けていた。


〈1〉

薄暗い店内は1メートル近く幅のある、重厚なカウンターが入り口から店の奥まで続いているだけのシンプルな作りだった。カウンターに平行に置かれた大きな棚は、裏からライティングされていて、並んだボトルのひとつひとつの美しさが際立っていた。

カウンターの一番奥に女性客が一人、アンティーク風のランプの灯で本を読んでいる。

店に入ったとたん、エアコンの風が一気に頭とカラダを冷やして、ボクはたちまち、扉を開けたことを後悔した。

なにやってんだよ。なにいきってるんだよ。金もないのに、あほか。

誰にも気づかれないうちに、さっさと出ようと思った瞬間に、カウンターの裏から「いらっしゃいませ」とよく響く、低い声がして、マスターとおぼしき男性がグラスを拭きながら顔を出した。

ボクの背筋に、今度は冷たい汗が吹き出した。お腹のあたりがずきんと痛んだ。

とりあえず、座るしかない…。

ボクは財布の中の1000円札が何枚だったか思い出そうとしながら、大きく息を吸い込んで、目の前のイスをひいた。コンクリートの床をスチールのイスがこする音が店内に響いた。

「何にしますか？」

三十代なかばくらいだろうか。GIカットで白いシャツを粋に着こなしたマスターは、ちょっぴり日焼けした大きな手で、ボクにおしぼりを出してくれた。

かっこいいよな。こういうのを垢抜けてるって言うんだろうな。

いわゆる「負け犬意識」が最高潮に達した。

ボクは、なんとかそれを悟られまいと、精一杯落ち着いた大人っぽい声を出した。

「あ…ビールお願いします」

「はい。ビールもいろいろあるんですよ。ハイネケン、バス、ヒューガルデン、ギネス、バドワイザー…」

「えっと…バドワイザーで…」やっと知っている名前が出たので、ボクは慌てて言った。

「かしこまりました」マスターは静かに微笑んで店の奥に入っていく。

BGMはいつの間にか、"Jealous Guy《ジェラスガイ》"に変わっていた。

落ち着かない、惨めな気分で、ボクはほろ苦いジョンの声を聴いた。

「君、大学生?」店の奥から、ちょっとハスキーな女の人の声がボクに話しかけてきた。

ボクは、どんな状況でも知らない人と話をするのは得意じゃない。まして、こんなに気分も居心地も悪い状況で、いきなり声をかけられて、心臓がどきんとした。

それで「はぁ」と目を伏せたまま、迷惑そうに答えたと思う。

「あ、ごめんなさい。うざいわね」

その声の主は、ボクの気分がお見通しであったかのように、そう言うと、それきり黙った。

妙に心地いい、気持ちに引っかかる声だった。優しい響きもあった。いくら気分が悪いからって、なにもあんなに感じの悪い態度をしなくてもいいじゃないか。

ボクは、今度は自分が恥ずかしくなってきた。沈黙の中で、ジョン・レノンだけが歌っていた。

マスターが出してくれたバドワイザーを一口すすると、ボクは下を向いたまま、思い切って口を開いた。

「3年生です」

女の人は微笑んで、めがねを外すと、こちらにゆっくりと顔を向けた。

「そう。いいわね」

ハスキーなのによく通る、優しい声。

店の暗がりに目が慣れたボクに、その人の姿がハッキリ見えてきた。

少しだけハイライトの入った茶色い髪を長く伸ばして、ワイン色の柔らかいブラウスにジーンズ。シルバーのアクセサリーに踵の高いサンダルという服装で、その女性は座っていた。一体いくつなんだろう。親の世代より、ずいぶん上のようにも見えた。美人というのではないだろうけど、不思議な魅力がある。人なつっこい、丸い目をしたその女性は、微笑みながらまっすぐにボクを見ていた。

「あんまり元気ない感じなんだけど、なんか面白くないことでもあったのね」

その女性の視線は、ボクの心の中まですっかり見通しているかのようだった。それでいて、嫌な感じがしない。なんというか…

「おばさん…占い師とかですか?」

ボクがそう言うと、その女性の眉は一瞬にしてマンガみたいに片方だけつり上がった。

「は？　おばさん？」

さっきまでの優しい声は一瞬にしてハードな、すごみのある声に変わった。

「あ…いや…えっと…」

背中を向けて棚に据えた音楽プレイヤーをいじっていたマスターが吹き出した。

「ははは……君、アマリさんをおばさんなんて言っちゃだめだよ、ははは…」

「シライくん。笑うとこじゃないでしょ！」

アマリさんと呼ばれたその人は、なんともユーモラスな表情でマスターをにらみつけると、一呼吸おいてボクの方に向き直った。

「キミね、あたしみたいなお洒落なオトナに〝おばさん〟はあり得ないわよ」

そう言うと、くくく、と笑うマスターをギロリとにらみつけてから、今度は一転、いじけた調子になって「覚えてなさいよ。自分だって、ちゃんとあたしの年齢になる時は来るんだからね。そしたらおっさんとか呼ばれるんだから…」とぶつぶつと言った。

そんなおかしなやり取りを聞いて、ボクは少しだけ、気分の悪さや、居心地の悪さを忘れた。そして、会ったばかりの、このアマリさんという変なおばさんに、妙に親しみを覚えた。

アマリさんはグラスから一口お酒をすすると、がらりと雰囲気の違う、穏やかな調子で言った。

この人の顔と声はおもしろいようにコロコロ変わる。

「あたしね、人の声を聞くと、たいがいのことはわかっちゃうのよ」

「え？　じゃ、いわゆる、チョーノーリョクシャってヤツですか？」

アマリさんはふふん、と鼻を鳴らして、ま、なんでもいいわ、と言い、ボクの目をもう一度、射貫くように見た。

「それよりね、キミ。いい声ね」

「は？」

「キミの声ってコクがある。それでいてちょっとだけ、角のないざらっとした味わいがあって。ブランデーの中で溶けかけたザラメのような甘さというのかな…深みがあって、セクシーだね」

何を言ってるんだ。この人？

生まれて21年間、声なんか、けなされたことはあっても誉められたことなんか一度もない。

母親には、「なるべく人前で歌わないようにしなさい」と言われたものだし、学校の朗読だって、もっとハッキリ、わかりやすく読みなさいと何度言われたかわからない。

同級生にだって、滑舌が悪いと聞き返されたり、早口だと文句を言われたり、あげく、声が暗いとか小さいとか何考えているのかわからないとか、そんな風に言われ続けて生きてきたのだ。

そう。ついさっきだって、あの憎たらしい店長に、ボロカスに言われたばっかりじゃないか。

「あの…おば…あ…アマリさん…でいいですか？

そう言っていただけるのはありがたいんですけど、ボクは自分の声、好きじゃないんで…」

アマリさんは、天井を仰ぎながら、肩をすぼめると、ひときわ大きなため息をついた。全体にリアクションがオーバーなのがこの人の特徴のようだ。

「あぁ、かわいそうに。ここにもいたわ」

「あ…いや、別に…仕方ないです。もうとっくにあきらめはついてるというか…」

アマリさんは、ボクの方に向き直って、きっぱりとした口調で言った。

「あのね。あたしが可哀想って言ったのは、キミにじゃないの。キミの声」

「え?」

「人間は、みんな完璧な声を持って生まれてきてるのよ。ただ、その声をちゃんと出せていないだけ。どんなにいい楽器持ってたって、演奏家がへたくそだったら、マトモな音すら出ないじゃない? もしも自分の声が気に入らないとしたら、問題があるのは声じゃなくて、その声の持ち主、つまりキミ自身なのよ」

ボクはますます混乱してきた。これじゃあ、ほめられているのか、けなされているのかわからないじゃないか。

声は自分の一部じゃないのか? いい声が出ないのは生まれつきじゃないのか? 完璧な声とか、その声の持ち主とか…この人は一体何を言ってるんだろう?

「いや…でも、ボクは生まれつきこんな声だし、ずっとこんな自分とつきあってきたわけで…どうしようもないじゃないですか。

別にボクだって、もっと明るく、いい声に生まれてたら、こんな風に思わないわけで…

それでも、ボクだってそれなりに日々努力しているわけで…それなのに、今日だって…」

そこまで話すと、目の裏側がじーんと熱くなってきて、それ以上ことばが出なかった。頭の中に今日の出来事が洪水のように蘇ってきて、見ず知らずの二人の前で、ボクは不覚にも泣きだしてしまった。

アマリさんはすっと立ち上がって、ボクの近くの席に移動してきた。

「シライくん、シェリー、もう一杯ちょうだい。それと、彼にも同じものあげて」


〈2〉


たいしてお酒が強いわけでもないのに、立て続けにビールを飲んだせいか、お店の雰囲気のせいか、それとも、アマリさんという人の不思議な雰囲気のせいなのか、気づいたらボクは、今日バイト先であったことを、二人の前ですっかり話していた。

静かに耳を傾けているマスターのシライさんとは対照的に、アマリさんはボクのことばにひとつひとつ、大きく頷いたり、ため息をついたり、相づちを打ったりしながら、文字通り全身でボクの話を聞いてくれた。

飯村がボクに「お前暗いんだよ」と言った場面では、アマリさんは恐ろしい形相で「ちっちっち」と舌打ちをし、

「おまえみたいにカフェとかバーとか無縁のヤツがウェイターやってると、マイナスイメージははだしいワケ」と言われたところでは「はぁ?」と大きな声を出して、その怒りは最高潮に変わった。

ボクが話し終わると、アマリさんは迫力のある声で、言い放った。

「あのねぇ、そんな店で働かせていただかなくて結構でしょう?!　キミみたいに前途洋々で頭のいい若者が、そんなアホで無能な輩の下で働かなくていいのよ！　ったく、腹立つわ。そういうヤツ。自分の成績しか頭にないのよね」

一息に勢いよく言うと、今度は冷静な態度に変わって、ボクに訊いた。

「でもさ、キミも、なんでそんなヤツの下で我慢してバイトしてたの?　キミが自分からさっさとやめたら、すでに何人かやめてることだし、そいつだって会社に管理能力問われたでしょうに」

「あ…いや…」ボクは自分のツメの先に目を落とした。

「それは…えっと…」

「はあ～、なるほど」アマリさんはニヤリとした。

「え?　なるほどって?　…なんですか?」

「好きな子がいたのね。バイトの子の中に」

ボクは耳まで赤くなったと思う。な…なんだってこの人は何でもかんでもわかっちゃうんだろう。そう。ボクが一番ショックだったのは、みんなの前で、ユイちゃんの前で、飯村にあんな酷いことをいわれたことだった。飯村がボクに文句を言っている間中、ボクは視界の隅で、下を向いてじーっとしているユイちゃんの姿をとらえていた。

本当に屈辱的で、逃げ出したくて、ひどく理不尽なことばかり言われているのに、何ひとつ言いかえせない自分自身が情けなくて、腹が立って…ユイちゃんのシルエットごと、目の前がぐらぐらと揺れた。

ボクの動揺がおさまるまで、アマリさんもシライさんも黙ってそれぞれのグラスを見ていた。ただジョンだけが歌っていた。

しばらくするとアマリさんが口を開いた。

「キミさ、自分という人間の可能性、今、どのくらい生かせていると思う?」

「え? 可能性? …そんなこと、考えたこともないです」

「うん。あたしはキミに今日会ったばかりだし、今聞いた話の印象だけで、実際にキミがどういう人なのかよく知らないけど、あたしにはキミは、そのなんとかいう店長みたいな輩に言いたいこと言われて、おまけにパワハラみたいな目にあって、泣き寝入りすべき人間に見えないのよ。

今、話を聞いた印象でだけ言うけど、本来のキミは、しっかりと自己主張できるはずだし、理路整然と自分自身や回りの状況を分析して、理不尽な出来事に対処できるだけの冷静さや緻密さも持ちあわせている人だと思うの。

そんな本来の自分が表に出てこないのは、キミが自分に自信を持てなくて、心もカラダもリラックスできていないから。そして、自己主張するというトレーニングが不足しているからだと思う。

純情さや純粋さは大切にして欲しいけど、精神的に大人になりきれない中途半端な状態で大学を卒業すれば、どこかで必ず歪みが出て、後悔すると思うわ。

大切な大学3年の夏休みに、渋谷のカフェなんかでバイトするより他に、キミには、もっとやりたいこと、やるべきことがあるんじゃない?

あたしは声を聞くと、その人のことがわかるのね。どんな性格で、どんなことをしていて、どんな日常生活を送っているのか。

そんなこと言うと、ホントに胡散臭い占い師とか、サイキックみたいだけど、そんなんじゃない。人間の声っていうのは、それだけたくさんの情報を伝えるということなの。

今のキミの声にはチカラがない。暗いとか、聞き取りづらいとか、小さいとかそういうことじゃない。本来のチカラがみなぎってないのね。

それは声だけじゃなくて、キミの全身に同じことが言えるわ。

そうやって、自分の能力を生かし切れないまま、三十代、四十代と年を重ねてしまう人をたくさん見てきたの。

不完全燃焼のまま、くすぶって、いろんなことを後悔したり、親や社会のせいにしたり、同じ一生なのに、そんなことで時間を無駄にするのはもったいないと思わない？」

アマリさんのことばのひとつひとつが、ボクの胸にずしんと響いた。

同時に、この人に、一体ボクの何がわかるんだ、という反抗的な気持ちが首をもたげた。

「ぼ…ボクもそれなりに悩んでいるつもりです。

ただ、答えとかってそう簡単に出るものじゃないじゃないですか？　人間はそう簡単に変われるものじゃないと思うし、自信を持ちなさい、なんていわれたぐらいで、自分に自信が持てるなら、とっくに持ててると思うというか…」

アマリさんはボクの顔をじっと見て、静かに言った。

「まずはいい声出せるようになることね」

「いい声？」

「声を知ることは自分を知ることなのよ。

人間のカラダと心はすべてが密接に関わりあって存在している。その人の生き方や人生そのものが反映されないカラダの部分なんてひとつもない。

いい声を出したかったら、いい人間になること。逆もまた真なり…」

そう言うと、アマリさんはグラスに残ったお酒を飲み干して、腕時計をちらりと見た。

「今日の話はここまでね。こんな店で、こんな時間に、見ず知らずの派手なおばさんに、こんな胡散臭さ満載の話されても、にわかに信用できないのは当然だと思うわ。家に帰ったら、あたしの名前をネットで検索してみて。それで、今日の話の続きを聞く気になったら、明日の夜、またここにいらっしゃい。あたしは7時にはここに来ているから」

アマリさんはバッグを肩にかけて、立ち上がった。

「こんな風にあたしに会うなんて、キミ、もしかしたらとっても運がいいのかもよ」

アマリさんはいたずらっぽくそう言うと、ボクにウィンクをして、身軽な様子で店を出て行った。


〈3〉


見ず知らずの人たちの前で泣いてしまったせいか、話をきいてもらったせいか、祐天寺のはずれにあるアパートに帰り着く頃には、ボクはすっかり冷静になっていた。

それで、部屋着に着替えると、真っ先に教えられたとおりアマリさんの名前をググってみた。

そこには、たくさんの記事や写真が出てきて、Wikiペディアには、アマリさんのプロフィールまで載っていた。

（山根《やまね》）亜鞠《あまり》 Amari

１９５３年東京都品川生まれ。ボーカリスト。ボイストレーナー。文筆家。70年代半ばから80年代初頭にかけ、プロミュージシャンを中心にロック好きの若者から絶賛、敬愛されたボーカリスト。メジャーレコード会社から実験的なアルバム2枚をリリースするもセールスはふるわず。一方で、確実な歌のテクニックとインパクトのある声で、声の職人として売れっ子となり、多数のテレビ番組、映画のサントラ、ＣＭ、アーティストたちの作品などに参加した。

アマリさん、歌手だったんだ！

アマリさんの作品リストはほとんどが廃盤と書いてあったけど、参加したという仕事の数はおびただしく、中にはボクの知っている番組の主題歌などもあり、ボクはちょっぴり興奮した。プロフィールはこう続いていた。

93年、マジックボイス研究所を設立。ボイストレーナーとして数々の有名アーティストを育て、その独特の理論とメソッドで一躍、カリスマボイストレーナーとして注目を集める。声で自己啓発することをテーマに書かれた著作は累計50万部を突破。２００８年愛犬の死を機に後進に事業を託し、パートナーである作曲家、ギタリストの山根ヒロムと共にイギリスに移住。現在は

　ロンドンを拠点にライブ、執筆活動をしていると言われている。

　声で自己啓発。

　つまり、アマリさんはボクにそんな話をしてくれようというのか。

　でもなぜ？

　ロンドンに住んでいるはずの、こんな人が、なんであんな店で、しかもボクなんかに興味持ったんだろう？

「キミ、もしかしたらとっても運がいいのかもよ」

　ボクは不思議な気持ちにおそわれた。

　そもそも、今日飯村があんなことを言い出さなかったら、ボクはあの道を通らなかったわけで、
　もちろん、自暴自棄になっていきなりLennonみたいな店に入ることもなかったわけで……。

　そういえば、ボクみたいな人見知りなヤツが、知らない人にぺらぺら自分のことを話したり、ましてや泣いたりするなんて。

　それも、あの、アマリさんという人の何ともいえないパワーのせいだと、ボクは感じた。

　よし。明日、もう一度、この人に会いに行ってみよう。

　ＰＣの中で大きな口を開けて笑う、若かりし頃のアマリさんの顔を見ながら、ボクはそう、心に

誓った。

〈4〉

翌日の夕方、Lennonの扉を開けると、アマリさんはボクの方を見て、嬉しそうに一瞬目を見開いた。そして、顔の前に指を2本立てて、「やぁ」と言った。

ボクは、どーも、と挨拶すると、昨日と同じ席に腰をおろした。

昨夜は一晩中、ネットでアマリさんの記事を読みあさった。そして、今日は昼間のうちに、渋谷の書店でアマリさんの本をとりあえず2冊ほど買い、そのうちの1冊はここに来る前に一気に読んでしまった。

言いたいことや聞きたいことがたくさんあったのに、うまくことばにならない。それでボクはしかたなく、黙ってシライさんが出してくれたビールを飲んだ。

しばらくすると、アマリさんが口を開いた。

「胡散臭いおばさんの話、もうちょっと聞きたくなっちゃった？」

あまりにカジュアルに、友達に話しかけるようにアマリさんが言ってくれたので、一気に気持ちが軽くなった。それで、ボクはビールを飲み干すと、思い切って話しはじめた。

「あ…あの、昨日、アマリさん、ボクには自分が気づいていない可能性があるって言ってくれたじゃないですか？

…そんなこと、言われたことも、考えたこともなかったし、正直、半信半疑なんですけど…ボク、どうしても自分が好きになれなくて…自信も持てなくて…これからどうしたらいいのか、実際、途方に暮れてしまうんです。

それで…おっしゃったとおりにアマリさんの経歴とか読ませていただいて、ついでに本も、まだ1冊だけですけど読ませてもらって…そしたら、ボクももしかしたら本当に変われるのかもしれないって、気持ちになれたんです」

アマリさんは、ぽつりぽつりとボクの口から出ることばに、優しく頷きながら、じっと話を聞いてくれた。

さぁ、最後に、アマリさんに一番肝心なことをお願いしなくちゃいけない。

さっきアマリさんの本を読み終えた瞬間に決意して、ここへ来るまで、どう言おうか、必死に考えてきたことだ。拒絶されたらどうしよう…ボクの頭をそんな気持ちがよぎった。

でも、でも、今言わなくちゃ…

「あの…えっと。その…アマリさん…」

ボクが言いかけた次の瞬間、アマリさんはにっこり笑って言った。

「オッケー」

「へ？　オッケーって、え…？」

「だから、キミが今、あたしに言おうとしたこと。答えはオッケーよ」

　この人には何もかもがお見通しなんだ。

　2chにも、『人の話す声で、性格や生活環境までぴたりと当てる、サイキック・ボイストレーナー』と書かれていたっけ。

「あたしに、声に関するアドバイスをいろいろして欲しいっていうことでしょ？」

「はい。その通りです」

　アマリさんは顔をくしゃりとさせて、どや顔といってもいい、笑顔を満面に浮かべた。

　そして、歌舞伎役者のような大きなアクションで腕を組むと、よく響く声で「しょーがねぇなぁ」とポーズを決めた。

　シライさんはその様子を真正面で見ながら、ワイングラスを片手に、おもしろそうに笑った。

「アマリさん、嬉しそうですよ」

　なに言ってんのよ。と言いながら、アマリさんはおかあさんのような表情でシライさんに視線を投げた。

「彼が入って来た瞬間、シライくんがはじめてあたしのレッスンを受けたときのことを思い出しちゃったからさ。なんだか、似てるのよ。君たち」

シライさんは、へぇーといいながら、おもしろそうにボクの方を見た。

こんなかっこいいシライさんとボクが似てるなんて、全然信じられなかったけど、そう言われてボクは悪い気がしなかった。

「声のアドバイスっていっても、いわゆるボイストレーニングとは違うっていうことは覚悟しておいてね。

声は人。人は声。この2つを切り離しては絶対にうまくいかないの。

すべてが関係性を持って存在しているということを忘れないで。それから…」

アマリさんは急に真面目な顔になった。

「いくつか条件があるけど、いい?」

ボクはどきんとした。ま、まさか…ギャラとか請求されちゃったりするのかな?

2chには、相当法外なギャラを取ってレッスンしているらしいと書かれていた。そんなお金ボクにはないことくらい…そりゃわかるよね? ね?

「大丈夫。キミにお金ちょうだいなんて言わないから安心して」

またしても心の中を読まれて、ボクは本気でアマリさんがこわくなった。

「いやいや。人間って、お金の話をするとき、急に表情が緊張するからわかるだけよ」と言いながら笑った。

「条件はシンプルよ。私が出す課題は、どんなことであろうと、約束の期日までにきちんとクリアすること。

課題に取り組み出すと、いろいろな情報が自分に流れ込んできて、迷いが出ると思うけど、どんな疑問でも、その都度、ためらわずにあたしにぶつけること。

そして、あたしが『はい、卒業』というまで、あきらめずに、投げ出さずに、やり遂げること。

この3つが守れないと思うなら、今のうちに言ってくれる？

あたしは半端なことが嫌いなんで、やりとげられないことは端からやりたくないの」

「はい。が…がんばります。あ…あの、でも…も…もし、守れなかった場合とか、罰則的なことって、あるんでしょうか？」

ボクがそう言うとアマリさんは、片方の目だけを思いきり小さくして、ボクをギロリとにらんだ。

「答えはYES《イエス》か NO《ノー》！　Maybe《たぶん》なんて選択肢は人生にはないの」

ぴしゃりと言うと、今度は目を細めて、にんまりと笑った。

「もしも途中で投げ出したら、正規のギャラの請求書を内容証明つきで送るわ。シライくんが証人になってくれるし、こちとら優秀な弁護士を何人も知ってるから、間違いなく後悔することになると思うわよ。ちなみに、正規料金は噂通り、法外よ」

お…脅し？

シライさんはボクの方を向いてビールを注ぎながら、声を出さずに「大丈夫」と表情だけで言った。

「わかりました。ベストを尽くします。どうぞお願いします」ボクはボクなりに勢いよくそう言った。

そして最後にアマリさんは、Lennon に来るときはお金の心配はしなくていいわ、と言ってくれた。

「あたしは若い頃、たくさんの素晴らしいおとなたちに、本当にたくさんのことを教えてもらってここまで来たわ。

その中の誰ひとりとして、きちんとお返しできた人はいないと思ってる。だから、その人たちにお返しするつもりで、キミにアドバイスしたいの。

もしも、あたしがこれから話していくことがキミの役に立つなら、ま、もちろん大いに役に立つわけだけど、そしたら、キミがいつか、おとなになったときに、若者に同じことをして上げて欲しいの」

ボクは胸の内側が熱くなるのを感じた。


やがて、アマリさんは昨夜と同じように、時計を見ると、「じゃ、またね」と帰ってしまい、ボクはシライさんと二人きりになった。

「ボクがシライさんに似ているなんて、なんか、すみません」

ボクがぽつんというと、シライさんは笑った。

「いやいや、オレも薄々そう思ってたから。昔のオレにちょっと似てるかもって」

「シライさんもアマリさんの生徒さんだったんですか」

「うん。17の時からだから、もう20年以上にもなるかな。実際に習ってたのはデビューまでの5〜6年だと思うけど」

シライさんも歌手だったのか…。

シライさんはゆっくりと、自分の経歴を話してくれた。

シライさんは22才でデビューした。

鮮烈な存在感で、井上陽水の再来かと騒がれ、アルバムのセールスがぐんぐんと伸びはじめた頃、売り上げ第一主義の当時の所属レコード会社のやり方に疲弊し、心身の不調から、無期休業を余儀なくされる。

失意の中で撮りはじめた写真のおかげで、再びアーティストとしての情熱を取り戻し、音楽と写真、そしてポエムを融合させた、最初の作品集『WhiteWorld《ホワイトワールド》』を発表。ニュー・カルチャー・アーティストとして、知られるようになった…

Lennonの壁に数点、ひっそりと掛けられている、一辺が30センチにも満たない白黒の写真は、すべてシライさんの作品という。ボクは立ち上がってじっくり見せてもらった。

シライさんの人柄を映し出すような、静かな、心に染みこんでくるような作品だった。

「シライさんも有名人だったんですね。ただのマスターじゃないと思ってました」

「ははは。有名人なんかじゃないよ。そんなものには、もう興味ないな。オレは自分が美しいと思うものにだけ囲まれていたい。カッコつけてるようだけど、オレは、人間は自分の目に触れるもの、関わる物をすべて自分で選び取って行くべきだと思っているんだ。この店はオレという人間の美意識のひとつの象徴。純粋に好きなもの、好きな人、好きな音楽にだけ囲まれて、心地よい時間を過ごしたい」

「だから、看板とか、全然目立たないんですね」

シライさんはまた、ははは、と笑った。

「商売っ気とか、ゼロどころかマイナスだからね。店が気になって入って来る人は、オレが投げてるメッセージに無意識に反応する人だけ。ま、結局、この店にいる自分が好きなだけなんだろうね。オレは」

シライさんって、本当にかっこいいや。ボクが女の子だったら、その瞬間、たぶん確実に好きになっていた。

Chapter 1

「さて」とアマリさんはシェリーを一口すると、バッグの中から真っ白なレポート用紙と万年筆を取り出した。

「今日はヒアリングを徹底的にやっていくわ。

キミのこども時代から今までのこと、思いつく順番でかまわないから、どんどん話してくれる？生い立ち、スポーツや趣味、部活動、家族のことや、友達のこと、生まれた地域のこと、なんでもいいの。

今のキミという人、キミの声を作り出してきたバックボーンが知りたいのね。どんな小さなことでも、つまらないと思うことでも、なんでもいいから、思いつく限り聞かせて」

こども時代のこと…一体何から話せばいいんだろう…えっと…

ボクが迷っていると、アマリさんはまた言った。

「じゃあ、『声』というキーワードで思い浮かぶことからはじめてみようか。そこから連想を広げていこう」

そう言われた瞬間に、ボクの頭の中に鮮烈に蘇ったのは、小学校2年生の時にクラスメイトにいわれたことばだった。

「自分、なんで大阪弁話せへんねん。何カッコつけてんねん。吉本のギャグもよう知らんし、おもろないいっちゅうねん。ほんま暗いわ、自分！」

ボクはその時まで、自分が他の子と違う言葉を話していることに気づかずにいた。誰もそんなことを教えてくれなかったからだ。


〈1〉


ボクは大阪と奈良の間くらいの、関西の中でも微妙に地味な土地で生まれた。

父は福島、母は神奈川の出身で、二人は東京の大学で出会い、卒業と同時に結婚した。父は電子部品を開発する会社の東京支社に勤めていたのだけど、兄が生まれて間もなく、東京支社が撤退することになり、家族そろって本社のある大阪に引っ越すことになる。

横浜生まれで、都会好きの母は20年近く経った今でも大阪の文化になじめない。何度か父に仕事を変わって、東京に戻ろうと頼んだようだけど、技術職である父は転職を望まず、結局今でも、同じ会社で働いている。

そんなこともあって、父と母は年々話をしなくなっていった。父にいたってはボクたち兄弟とすら、ここ何年も、まったくといっていいほど口をきいていない。

そんな環境だから、ボクのうちでは誰も大阪弁を話さない。

母親は大阪弁が嫌いで、ボクがちょっとでも大阪弁で話すと、「だめだめ。いつ東京に帰るかわからないんだから、ちゃんと標準語で話しなさい」と言い直しまでさせた。

当然、大阪のこどもなら必ず見ている吉本のテレビも禁止。タイガースも応援しない。

同じ社宅のこどもたちを家に連れて帰るのさえ、いい顔をしなかった。

そんなボクは近所の子どもたちの格好のいじめのターゲットになった。

目立たないように、だんだんと口数の少ない子どもになっていったのは、変声期を迎えたのと同じ頃だったと思う。

学校では、クラスメイトに仲間はずれにされないように、必死で大阪弁をしゃべり、家に帰ると家族とは口をきかなくなった。

そこまで話すと、アマリさんはため息をついた。

「日本っていうのは狭いけど、土地土地で文化がくっきりと分かれている珍しい国だからね。苦労したわね。キミたち家族、みんな」

「ボクは父が悪いと思っています。今の会社にこだわらなくても、東京で仕事を探すことはできたわけだし、母のつらさを考えたら、毎日もっと早く家に帰ってきて、母の話を聞いてあげるべきだったんじゃないかって」

アマリさんは、考え深そうにおでこを掻いた。

「コミュニケーションって、けして一方だけの問題ではないのよ。どちらがいい、悪いということではなくて、二人の波動がうまくかみ合わなかったということだと思うな。一人で家にいたお母さんも孤独だったと思うけど、知らない土地で、しかも技術職なんていう世代交代の激しい職場で、必死に自分の居場所を守ってきたお父さんの孤独も考えれば、どっちが悪いなんて言えないよね」

アマリさんのことばを聞いて、そういえば、父が孤独なのかもしれないなんて思ったこともなかったと気づいた。

東北生まれの無口な父が、大阪のおっちゃんたちに囲まれて、「あんた、おもろないなぁ」と言われている図を想像して、ボクはなんだか急に後ろめたい気持ちになった。

〈2〉

中学に入学した当初はカラダが大きかったのもあって、バスケット部に勧誘され、毎日練習に出ていた。

しかし、ある時、練習中に転倒して骨折していたにもかかわらず、それに気づかなかった先輩たちに「痛いとか、大げさなことを言うなや」とやじられて、無理に練習を続け、手術を受けなければならないほど悪化させてしまう。

以来、部活もフェードアウトし、先輩たちに会わないように下を向いて学校に通うようになった。

そんな経験も、音楽鑑賞が趣味という暗い性格を作っていったのかもしれない。

音楽が好きと言っても、楽器を演奏したいとか、歌いたいとか思ったわけじゃない。音楽雑誌を読みふけったり、ひたすらCDを聴いたりするのが好きだった。ジャケットをためつすがめつ眺め、アーティストの生い立ちを研究し、使っている楽器は何年にどこで作られたものだとか、この曲はどこのスタジオで録音されていて、プロデューサーは誰だとか、そんなことになぜかものすごく興味があって…まぁ、いわゆるオタクなのだろう。

mp3世代の中で、ボクは完全に浮いた存在だった。


「音楽ってどんなの好きなの？」

「あ…いや…なんでも聴くんですけど、特に古めの洋楽が好きで…」

ほほぅ、とアマリさんの目がきらりと光った。

「ストーンズもツェッペリンもクラプトンも大好きなんですけど、やっぱりビートルズ、特にジョン・レノンはボクのヒーローです」

そう言うと、アマリさんとシライさんは顔を見合わせて、また、ほお～～う、と嬉しそうに何度も頷いた。


〈3〉

洋楽に傾倒して、毎日CDジャケットを眺めていると、歌詞のへたくそな翻訳にフラストレーションを感じるようになる。この歌詞を英語のまま理解したい、洋書の音楽雑誌を読みたい。そんな欲求から、夢中で英語を勉強した。

話し相手がいなかったせいか、言葉にはむしろとても興味があって、翻訳物を中心に、本もずいぶんたくさん読んだと思う。

受験の時期になって、進学先に、ボクは迷わず東京の大学を選んだ。

東京に来れば、大阪弁をしゃべらないことでバカにされることもないし、音楽のわかる子もたくさんいるはずだ。友達だってきっとできる。自分にはきっと東京があう、そう信じていた。

聖南学院に決めたのは、キャンパスがカッコよかったからだ。田舎もんのボクには「ミッション系の大学」という語感もたまらなかったし、渋谷の近くという、いかにも都会的な立地にもひかれた。

聖南は私大の中では人気も高く、偏差値も高かったけど、英語と国語の成績がよかったことが幸いして無事合格。華の大学生活…となるはずだった。

ところが、いざ、入学して通い始めてみると、学内の雰囲気はいささか、ボクが期待していたものと違っていた。

付属から上がってきた、いわゆる聖南っ子たちが、服装も遊びも派手で、妙に目立っている。入学時には地味だった外部からの学生も、そんな風潮にどんどん染まって、派手になっていった。

仕送りもぎりぎり、遊ぶお金もないボクは、彼らの金銭やファッションの感覚にとてもついていけず、またしても劣等感に苛まれることになる。

いくつかのサークルに所属してみたり、バイトを転々としてみたり、ボクなりにがんばったものの、結局自分が浮いている気がして、やめてしまった。

3年になる頃には、ボクの生活は、授業以外はひとりで過ごし、好きな音楽を聴いたり、洋物の音楽雑誌を読みふけったりするという、高校時代とたいして変わらないものになっていた。

そんなとき、友達の誘いで例の、渋谷のカフェで働くことになった。（ボクは単に「友達の」とだけ言った。アマリさんは一瞬ボクをちらりと見たけど、何も言わずにメモを取り続けた）

以前の店長、田中さんは、「キミみたいなタイプは真面目にちゃんと仕事を覚えてくれるから」と面接に行ったその場で、すぐに採用を決めてくれた。そして、フォークやナイフの並べ方から、お辞儀の仕方、トレイの持ち方まで、親切に丁寧に教えてくれたのだった。

バイトの子たちもみんな仲が良く、聖南に行っているというだけで一目置かれたりして、居心地もよかったので、ボクは大学のないときはせっせとお店でバイトをするようになった。

そんなときに、店長の異動があったというわけだ…

「なるほどね。それで、ここであたしに出会う、というわけね。うん。なるほど。そうか」

アマリさんは万年筆を置いて、ボクの方に向きなおった。

「じゃあ、今度はあたしが話す番ね。キミの声のことについても、興味深いことがたくさんわかったから。心の準備はいい？　メモとってもいいよ」

ボクはつばをゴクリと飲み込んだ。

Chapter 2

〈1〉

シェリーを一口飲むと、アマリさんは話しはじめた。

「まず知っておいて欲しいのは、『原因がなければ結果はない』ということ。これは私が伝えるすべてのセオリーに共通する、基本的な考え方だわ。

自分が好きになれないとか、声に自信が持てないとか、落ち込んだり、世をはかなんだりする前に、それはなぜなのか、しっかり見極めなくちゃだめ。

そしてその原因のひとつひとつときちんと向き合って、解決する努力をしていくこと。考えると憂鬱になるから、考えないようにして生きていくなんて、単なるごまかしよね。それでは前に進めないわ。

昨日も話したとおり、人間の声は完璧に作られているの。その信念が持てるかどうかで結果が大きく変わる。

キミも今日から、自分の声に文句を言うのはやめて、それをしっかり使えるようになろうと決心することね」

「あ…あの、アマリさん。この間もそう言ってくれたんですけど、ボク、このこもった声は父譲りというか、遺伝だと思うんです。生まれつきの声は、どうしようもないってことないんですか？」

そう言うと、アマリさんは射るように、ぎろりとボクを見た。

「じゃ、聞くけど、声のこもったイヌっている？」

「は？　い…イヌですか？」

「声のこもったライオンは？」

「い…いや。でも…」

「いないのよっ！　自然界の動物で、声がこもってたり、ぼそぼそ声出したりするの人間だけよ！

なんでだと思う？　ちゃんとカラダと声を使ってあげてないからよ。

じゃ、もうひとつ聞くけど、キミって赤ちゃんの頃から声がこもってたの？

声がこもった赤ん坊なんていなくない？」

そう言うとアマリさんはおもむろに、

「うんにゃあ、うんにゃあ」と『声のこもった赤ん坊の泣き方』と思われる、謎のモノマネをはじめた。

「ね？　ね？　いないでしょ？　こんな赤ん坊？」

確かに、こもった声で泣く赤ん坊なんて、いたら嫌だよな。

「もう一回言うわ。人はみんな、いい声が出るように生まれてきているのよ。生まれたばかりの赤ん坊の声は、みんな生命力にあふれた、立派な声なの」

ボクはふいに、母が昔ボクに言った言葉を思い出した。

「あなたはホントに神経質で、おお〜きな声でよく泣く子でね。乳母車で電車に乗ると、見えるのがおとなの脚とお尻ばっかりで、それがどうにもカンにさわるんだろうね。必ず泣き出すのよ。その声の大きいことといったら…回りの人たちがイラついた顔でこっちをにらみつけて、あんたのために何回電車降りたかわかんないんだからぁ」

ボクも、生命力にあふれた立派な声というのを出していたってことか…。じゃあ、どうして…。

「おとうさんやおかあさんに声の質が似るのは、声帯や骨格が似ているからという遺伝的な側面だけでなく、後天的な側面、すなわち、ご両親の表情、発声、発音を真似て成長したからとも、考えられるわけ。

それから、骨格や筋肉の付き方が似れば、似かよったクセがつきやすいとも言えるわね」

「つまり、生まれつき、声がこもったり、かすれたりするような人はいない、ということなんですね」

「その通り。これをあたしは『声の性善説』と呼んでいるのよ」

アマリさんはちょっと得意そうな顔になって、鼻を膨らませた。

〈2〉

「さて、じゃあ、生まれながらに完璧な声を持っていたはずのキミが、今、なぜそんなに声にストレスを感じてしまうのか。ポイントは3つあるわ。

まず1つめは、東北、関東、関西と、異なる言語圏の人間に囲まれて育ったことね。

こどもの頃から、自然に出てくることばを一瞬押し戻して、標準語や関西弁に翻訳し続けてきたわけでしょ？　それで発声器官に緊張が生まれたのだと思うわ。

地方から東京のような都会に出て、それまでとは違う言語圏で生活することで、カツゼツが悪くなったり、声がこもったり、中には吃音になってしまったりする人がたくさんいるの。

言語って、発音の違いだけじゃないのよね。サウンド、つまり音色そのものも違う。

たとえば、唇をすぼめてノドの周辺を共鳴させて話す東北のことばと、口の内部を硬質に響かせる関東のことば、そして、鼻の奥をダイナミックにならす関西のことば…音の個性が全然違うでしょ？

人間は異質な音色を聞くとちょっと緊張する。反対に同調し合うことで共感や安心感を覚える。

キミの場合、自分のコアになる音色や発音が見つけられないままだから、どこにいても不安を感じてしまうのよね」

ボクは家族の顔、友達の顔、そしてそれぞれの声を一所懸命思い出そうとした。

そして、アマリさんの言うことは、ちょっと難しいけど、とても当を得ていると思えた。

「もちろん、同じような環境で育っても、そうした周囲の影響をまったく受けず、むしろ自由自在に多言語を操る器用な人もたくさんいるわ。それが2つめのポイント。生まれつきの性格ね。

キミの場合、感受性が強かったことや、内気な性格だったことも、声と無関係ではないの。

もっといえば、エンジニアのお父さん譲りの研究熱心でこだわりの強い性格のおかげで、日常的にインドアで過ごすことが多かったはず。座りっぱなしでいる時間が長ければ、姿勢や呼吸、体力にも影響が出るのは当たり前よね。

人はやはり動物だから、体力が充実しないと自分に自信が持てない。自信がないからいい声が出ない。これが3つめのポイント。

この3つのポイントのコンビネーションが今のキミの声や人格を作っているんだと思うわ」

「な…なんでそんなになにもかもわかっちゃうんですか?」

「これはあくまでも、あたしがいろんな人の声マネをしたり、クライアントや生徒たちからヒアリングしたりして蓄積したデータを分析した結果なのよ。

長年かけて体験的に学んできたことだから、統計とはいえ、多くの人が少なからずこの分析に当てはまる。あたしが「サイキック・ボイストレーナー」だの「ボイトレ占い師」だのと言われるのは、このデータのおかげなのね。

今あたしが話したようなことをちょっと意識して、自分のクセや傾向を分析したり、リセットしたりすることは、一生涯にわたってキミの声だけでなく、自分自身を支えていくわ。ぜひ、覚えておいてね」

「はい。あ…でも、もしもこどもの時の環境や性格でできあがってしまったことなら、今さら変えられないんじゃないでしょうか？」

アマリさんは考え深そうに言った。

「うん。もちろん、リセットも修復もきかない、手遅れなこともあるかもしれないわ。どんなトレーニングだって、人間の根本を変えてしまうほどパワフルじゃないのかもしれない。それは否定しない。でも、それって、「運命は変えられない」ってことばと同じくらい窮屈じゃない？

あたしは、人間はやりたいと思ったことは、必ずやり遂げられると信じているし、そうやって自分を変えてきた人をたくさん見てきたわ。

そして、ひとつだけ確実に言えることは、できると思わないことは絶対にできないってこと。

つまり、キミ自身が変えたい、変われると思わなかったら、けして自分は変えられないってことね」

〈3〉

アマリさんが帰った後も、ボクはしばらく店に残って、アマリさんの話をじっくり噛みしめていた。店には静かな音量で〝White Album《ホワイトアルバム》〟が流れていた。

アマリさんのことばのひとつひとつがボクの胸に響いて、なんだか不思議な力が湧いてきた。

ボクはワイングラスを傾けながら、黙って音楽を聴いているシライさんに言った。

「ボク、ボイストレーニングって、あえいおうーとかって声出したり、腹筋運動したりするもんだと思ってました。

でも、アマリさんの話を聞いていると、もっと根本的なところのトレーニングっていうか、自分を変えなくちゃって思えてくるんですよね」

シライさんはグラスを見つめながら、静かに微笑んだ。

「実はね、アマリさんには1冊だけ、出版されなかった本があるんだ」

「え？」

「出版直前まで極秘に制作されていたのに、どういうわけか本の内容がボイストレーナー・ジャパン協会に漏れてしまって、協会の猛烈な圧力を受けて、出版社が出版を断念したんだ。アマリさんの渡英直前のことさ」

「な…なんですか。いきなりミステリーみたいな展開」

「いやいや。そんなんじゃないよ。

アマリさんは当時カリスマボイストレーナーという位置づけでメディアで引っぱりだこだった。

協会としては、その本が発売されることによって、ますますアマリさんの主宰するマジックボイスの影響力が高まって、失職するボイストレーナーが続出することを恐れたんだ。それは、協会側の完全な誤解だったんだけどね。

ボクはアマリさんに原稿を読ませてもらって、すごく素晴らしい内容だと思ったから、出版社を変えてでも出版して欲しいって頼んだんだ。

アマリさんは『どのような形であれ、誤解が生まれるということは、あたしの文章がまだまだ稚拙だということ。あたしはこの本は、みんなに望まれる形で世に出したいのよ。顔を洗って出直すわ。』と言って、それっきりその本の話をしなくなってしまった」

「い…一体どんな本だったんですか？」

「それは不思議な本でね。声の本なのに、トレーニング法とか、呼吸法とか、そんなものなんにも書いてない、ある若者の物語だったんだ。

本の中でその若者が耳にする話、出会う人が少しずつ若者の声を変えていく。

そして、若者が声と共に、人間として大きく成長していくという話。

アマリさんはこう言っていた。

『みんなさぁ、どうしたらいい声になるかなんて方法論を知りたいわけじゃないでしょ？　いい声になると自分がどんな風になるとか、どんないいことがあるとか…そういうことを知りたいわけじゃない？

でも、ボイトレってそういう、「あり方」みたいのをずっと見せられないままだった。だってね。本当にこの人みたいになりたい、って思うくらいカッコいい人は、どうしたら、その人みたいにカッコよくなれるかってことを教えてくれないのよ。

もっと言うと、人はそういうことを教えてくれない人をカッコいいと思ってしまうわけで。つまり、（俺ってこれこれ、こういう理由でカッコいいわけよ。でもって、こんな魅力を手に入れるにはこんなこととか、あんなこととかしてきたわけよ。だからキミもがんばって俺みたいになりなさ～い）なんて偉そうに説明するヤツを、人はカッコいいって思えない。

だから、声によって人生が変わっていく人の、あり方を目撃していく必要があるのよ。』……ってね」

「そういえば今日読んだアマリさんの本も声の本なのに、全然トレーニング法とか書かれていなくてびっくりしました」

「でしょ？　アマリさんはこうも言ってた。

『優秀なボイストレーナーなんて、世の中にはたくさんいるし、トレーニング法なんて、ある意味完全に出尽くしている。人間のカラダは何万年もたいした変化はしていないわけで、〝画期的な声の出し方〟なんて、今さら発見されることもない。

本当に必要なのは方法論じゃない。〝本気で自分の声に関心を持つ〟ということだ。』って」

「その本も、実際発売されていれば、歌手や役者といった声のプロや、日頃からボイトレに関心を持っているような人だけじゃなく、自分の声なんて興味もなかったような若者や、自分探しをしている女性、疲れ切った中高年層にまで、広く読まれることになったはずだ。

そして、一般の声を意識レベルで変えて行っただろう。声に対する関心もずっとずっと高まったと思う。そうなれば、ボイストレーナーたちの仕事はますます増えたはずなんだけどね」

「意識レベルで声を変える…。

ボク、ずっと自分の声が好きになれなくて、コンプレックスを抱いてて…それって自分に自信が持てないことと、確かに関係性がある気がします」

「オレもね、昔、いい声のヤツにコンプレックス持ってた時期がある。そんなとき、アマリさんはこう言ってくれた。

『いい声なんか、どこにもないの。悪い声がどこにもないのと同じ。

ただ自分の声があるだけ。』」

「…〝Imagine《イマジン》〟ですね」

そう言うと、シライさんは静かに微笑んで、頷いた。

「アマリさんの本の中で語られている〝あり方〟って何だったんでしょうか？」

それはこれからキミ自身が見ることになるものなんだよ。と、シライさんは言った。

「それはこれからキミ自身が見ることになるものなんだよ。だからね。キミは方法論にとらわれるんじゃなくて、自分自身にフォーカスしていればいいんだ」

「シライさんは、その〝あり方〟を見つけたんですか？」

ボクがそう言うと、シライさんは黙って、棚に置いてあった、ジョン・レノンのCDのジャケットを開いた。そして、〝Imagine《イマジン》〟の歌詞カードの最後の4行をそっと指さした。

歌詞カードなんか見なくたって、もちろんボクはそこに何が書かれているかよく知っていた。

〝You may say I'm a dreamer（キミはボクが　夢みたいなことを言っていると思うんだろうけど）

But I'm not the only one（ボクだけじゃない）

I hope someday you'll join us（いつかキミにも　同じ夢を見て欲しい）

And the world will be as one〟（世界がひとつになるように）

ジョン・レノン〝Imagine〟　大槻水澄訳

Chapter 3

元来、ボクは精神論が苦手だ。

「ポジティブなことを考えれば、人生がポジティブに変わる」的な自己啓発系の本を読むと、余計に自分のネガティブさにフォーカスしてしまって気が滅入る方だ。

アマリさんやシライさんの話だって、ひねくれた解釈をすれば、単なる精神論に過ぎなくて、「性善説」だの「あり方」だの、目に見えないモノで煙に巻く、怪しい新興宗教とたいして変わらないようにも取れる。

ただボクの中で何かが、これはすごい出会いなんだとボクに訴えかけていて、Lennon やアマリさんのことを思い出すたびに、心地いい興奮がボクを包んだ。ボクはそんな自分の直感を信じてみたいと思った。

〈1〉

翌日の夕方、ボクはまたLennonに向かった。

午後6時、まだ日差しは残っていて、風はひそりとも動かない。

Lennonの扉を開けた瞬間に、さーっとつめたい空気が流れ出てきて、じっとりと汗ばんだボクのカラダを冷やしてくれた。

アマリさんは、今日はグリーンのTシャツにジーンズというスタイルで、ラップトップに向かって夢中でキーボードを叩いている。ボクが入って行ったことにも気づかないようだった。

それで、ボクが「どーも」というと、ちょっとだけボクを見て、やぁ、というように顔の前に指を2本立てて頷くと、またラップトップに向き直った。

今日は〝Sgt.pepper's《サージェント・ペパーズ》〟がかかっている。

なんか、タイミング悪かったかな。

ボクはちょっと落ち着かない気持ちで、シライさんが出してくれたバドワイザーを飲んでいた。

しばらくすると、突然、アマリさんがボクの方へ向きなおった。なんだかずいぶん不機嫌な様子だ。

「あのさ。挨拶って何のためにするの？」

「は？」

「挨拶って何のためにするのよ？」

アマリさんはキツい調子で同じ言葉を繰り返した。嫌な沈黙が流れ、ボクは、だんだんと嫌な気分になっていった。

なんなんだよ、昨日までの態度と全然違うじゃん。

それでボクも不機嫌に答えた。

「え…と…習慣じゃないんですか？　長いことみんな普通にやってることだし…」

「なるほどね。そんな風に思ってるから、そんな膿んだんだか潰れたんだかわかんないような声しか出ないんだ」

ボクは、本気でむっとした。偉そうなこと言っちゃって、自分が呼びつけたんじゃないか。

頭にカッと血が上った。ボクが口をとがらせて、何か言い返さなくちゃとゴクンと唾を飲み込んだ瞬間に、アマリさんはいきなり、前歯をに〜っと出して、ずる賢い笑いを浮かべた。

「ね？　感じ悪いでしょ？　ムカつくでしょ？　会うなり、こんな風に言われたら」

「は？」

シライさんが困ったような顔で苦笑して、すまなそうにボクを見た。

なんなんだよ。小芝居かよ。

アマリさんはボクのそんな気分にまったく気づかないかのように、どんどん話しはじめた。

「だからね。会った瞬間のひとこと、つまり挨拶は、人間関係を大きく左右するわけよ。挨拶ひとつで相手の気分を悪くすることも、よくすることもできる。

挨拶の意味はさ、相手に自分が来たことを知らせるだけじゃない。『今日はよろしく』とか、『会えて嬉しいです』とか、そういう気持ちを伝えられなきゃダメなのよ。そういう気持ちなしに、自分が来たことを知らせるだけなら、声なんか出さないで、ちょいと手を上げるとか、テーブル叩くとかすればいいじゃない？」

アマリさんはノックするように、コンコンとテーブルを叩いた。

確かに、正論だろうけど、ボクはまだちょっとムッとしていて、素直に話を聞ける状態じゃなかった。

ボクの様子を見て、アマリさんは口をちょっとへの字にして肩をすくめてから、シライさんに向き直った。

「シライくん、どうもイマイチ、あたしの意図をわかってくれないみたいなんで、この辺で、彼の登場シーンの映像、見てもらおうか」

「は？　映像？」

シライさんは「はい」と言いながら、カウンター奥の棚に立てかけてあったiPadをボクの方に差し出し、「プレイボタン押してごらん」と、ちょっぴりいたずらそうに笑った。

ウィンドウをのぞき込むと、ボクが店の扉を開けて入って来る瞬間の画像が目に飛び込んできた。

「と…と…盗撮っすか?!」

ボクが顔を上げると、アマリさんがぴしゃりと言った。

「つべこべ言わないで、早く、見てごらんっ」

仕方なくボクはプレイボタンを押した。

ボクは下を向き、背中を丸めて店に入ってきた。

キャップの影になってほとんど目は見えない。一瞬クビを左右に動かして、店の中を見回してから、涼しい店内に入った安堵感でふぅっとひとつため息をついた。

そして、店の奥にいたアマリさんの方に、クビをカメのように伸ばして、ちょっとしゃくるようにしながら、「どーも」と、ほとんど顔を動かさずに、ぼそっと言った。いや、つぶやいたと言った方がいいかもしれない。その声は音楽にかき消されてほとんど聞こえなかった。

確かに…これは「来ました」っていう合図以外のなにものでもない。

シライさんの後ろ姿がワイプして入って来た。

シライさんは気持ちのいい声で、「ようっ。いらっしゃい」と言ってくれている。iPadを背にしているにもかかわらず、その、よく響く、感じのいい声はハッキリと録音されていた。

ボクはそんなシライさんを上目で見て、またクビをしゃくるように伸ばして、今度は「あ」と言いながら5ミリほど口角を上げた。ボクは微笑んだつもりだろうけれど、口角がぴくりと動いた以上の印象はなかった。

「ほら、ほら、ほらぁ。わかる？　わかるよね？

こんな風に挨拶されて、にっこりにこやかに挨拶を返したくなるような人、いないでしょ？」

アマリさんはどや顔で、猛烈な勢いで話し出した。

「そもそも、『どーも』とか『あ。』は挨拶じゃないからさ。でもって、キミ、今の自分の顔見た？

全然表情が動いてない。姿勢が悪い。これじゃ、挨拶が暗いって言われたってしょうがないんじゃない？」

ボクは、すっかりウンザリしてしまった。アマリさんの機関銃のような攻撃にもだけど、むしろ自分自身の姿にうんざりしたのだった。

姿勢がよくないことは知っているつもりだった。愛想がよくないのもわかっているつもりだった。それでも、いくらなんでも、ここまでとは…

ボクは落ち込んでいることを悟られないように、アマリさんに言い訳をはじめた。

「あ、でも、アマリさんがあんまり忙しそうだったから、邪魔しちゃいけないと思って、遠慮した部分はあります。

バイト先とか、お客さん相手の時は、さすがにもうちょっと大きな声出してますから」

「なるほどね。じゃあさ、キミ、普段、感じよく人に挨拶する時ってなんて言ってる？」

そう言われて、ボクは一瞬、考え込んでしまった。

そういえば長いこと、「どーも」と「よう」以外の言葉をつかって、人に挨拶していないかもしれない。

「バイトん時とかはちゃんと挨拶してたと思います。一応『おはようございます』って何時でも言うことになってるんで」

「ふーん。なるほど。じゃ、ちょっと携帯のインカメラに向かっておはようございますって、言ってみようか」

「え？　今っすか？　…と…撮るんすか」

アマリさんは一瞬にして恐ろしい顔になって、ギロリとボクをにらんだ。

ボクは黙って携帯を取り出した。

「はい、言って。『おはようございます！』」

「おはようございます」

「うん。緊張するのはわかる。いいから、何回か、自分でめっちゃ感じよく言えたと思うまで録画してチェックしてみて。はいっ。『おはようございます』！」

結局ボクは何回も『おはようございます』と言わされ、それを録画させられた。

最大限感じよく言ったつもりでも、自分の表情がほとんど動かないことに少なからずショックを受けた。

〈2〉

「普通、自分が挨拶したり、話したりする映像を見る機会なんて、滅多にないじゃない？　話し声を録音することもない。

実際、撮ってみて、はじめて、やっているつもりが全然できていなかったってことに気づくの。表情筋っていうのは、本来は随意筋、つまり自分で意識して動かせる筋肉なのね。それがうまく動かせないっていうのは、顔の筋肉と気持ちが繋がってないってこと。つまり、顔が仮死状態になってるってことよね」

顔の表情が仮死状態…ボクは昔何かの雑誌で見たデスマスクを思い出して、なんだかぞっとした。

「ど…どうやってトレーニングしたらいいんでしょう。今からでも間に合いますかね？」

「筋肉の状態を変えるのに遅すぎることなんか絶対ないわ。

まずは、顔の筋肉の感覚を呼び覚ますために、指で口角やその回りの筋肉のこわばりをほぐして活性化させることね。それから、指を使って理想の高さまで口角をあげて、『この位置だよ』と筋肉に認識させることも有効なの。

ＰＣの前や電話の前に鏡を置いて、自分の表情をマメにチェックするのも大事ね。

でも、もっと大事なのは生き生きと人と話すこと。そして、たくさん笑うことね。そのために必要な筋肉以外、なくてもいいくらいじゃない？

多くの人が、怒ったり、哀しんだり、不機嫌になったり…そんな時に使う筋肉ばかりを緊張させている。でもさ、人は楽しい人にしか会いたくないじゃない？

明るくて楽しい表情で話すこと。それだけでいいのよ」

「あ…でも、なんかうまく笑うのって難しい気がするんです。さっきも思いきり感じよくしようとしたのに、つっぱっちゃって」

「もう一回、インカメラ見ながら笑ってみて」

ボクは言われるままに、携帯をのぞき込んで、自分なりに笑顔を作ろうとしてみた。少なくとも、作ったつもりだった。

「ありゃ。もっとちゃんと笑ってごらん」

笑うのって難しい。口角ってうまく上がらない。

「ったくぅ～」と言いながら、アマリさんは立ち上がって、ボクの後ろに立つと、いきなりボクをくすぐりはじめた。

「あ…や…うひゃ…やめて…ひゃひゃひゃ…」

「ほら、ちゃんと笑えるじゃないの！」

いきなり若い男のカラダにさわるなんてセクハラだよな、とボクは思いながらも、確かに自分の顔が明らかに笑っていたのがわかって、なんだか妙な気分になった。

「口角を上げて話すことは、印象がよくなるだけじゃない。実際に声が全然違って聞こえるのね。人間の声は前歯が見えているときの方がきれいに気持ちよく響く。実際、前歯を出したり、引っ込めたり、口をすぼめたりしながら声を出すとわかるんだけど、声って口の周辺の状態で全然変わるでしょ？」

そう言うと、アマリさんはいきなり「あー」と大きな声を出しながら、笑ったり、泣いたり、怒ったりと、百面相のように顔の表情を変えた。

「顔、おもしろいっすねー」

「そこじゃないっ！」

「あ…すみません。はい。確かに、声、全然違って聞こえます」

アマリさんが笑っているときの声は、気持ちよく前に響いた。泣きそうなときや怒っているときは、こもってしまったり、暗く聞こえたりした。

「キミが暗いって言われるのは、表情や声のせいよ。ホントは暗いヤツだって、表情筋の使い方がうまくって、明るく話すヤツは暗いっていわれない。それだけよ」

「そういう人、暗いって言わないんじゃ…」

「そう。つまり、見た目と声の印象がその人の性格の印象になるってことじゃない？　あたし、超外向的でにこやかなネクラ、いっぱい知ってるわよ。

何かを変えたいと思ったときに一面だけを見てはダメ。

とにかく、「これなら感じいい」と自信持てるまで笑顔を練習し続けることね。時には録画するのも忘れずに。

自分の挨拶が感じよければ、相手の挨拶も感じよく返ってくる。

一度成功イメージができれば、日々の挨拶はぐんと楽しくなるわ」

それにね…とアマリさんは言った。「もったいないよ。キミの笑い顔、イケてるよ」

＊

アマリさんは機関銃のようにしゃべり倒すと、時計が午後11時を回ったとたんに電池の切れたおもちゃのように眠そうになって、いつものようにいきなり帰ってしまった。

シライさんは、自分の映像をつきつけられて、ちょっとしゅんとしてしまったボクを元気づけるためか、控えめな音量でオアシスをかけてくれた。

「ボク、歯並びに自信がないんです」

ボクがそういうと、シライさんは読んでいた本から目をあげた。

「だから、こどもの頃から、どうしても歯を見せて笑うのが苦手で。口をあけ過ぎないように力が入るし、手で口を覆ったりしてしまうんです」

アマリさんが帰ってから、ボクはなぜ上手に笑えなくなったのか、一所懸命考えていたのだ。

「そんな風に気にするほど、全然キミの歯並びはおかしくないけど…ま、本人は気になるんだよね」

「はい」

「オレもずっと歯並び悪かったんだよ」

「え？」

「だからキミの気持ちはよくわかる。デビュー前に一気に直しちゃったんだけどさ。矯正とかしている時間もなかったから。

でもね。歯並びを直してはっきりわかったのは、『人は自分が恐れるほど、もしくは期待するほど、他人のことなんか気にしていない』ってことだね。

歯医者の治療が全部終わって、嬉しくてさ、学生時代の仲間と飲み会を企画したんだ。みんなを驚かせたかったのもあってね。

ところが、オレの歯並びが整ったって気がついたやつ、ひとりもいなかった。ひとりも、だよ。

それから三週間。唯一、オレの歯並びの変化に気づいたのは、自分も昔歯並びを矯正したことがあるという、バンド仲間だけだったな」

「シライさんも、うまく笑えなかったんですか？」

「オレは結構屈折したこども時代を過ごしたからね。人と関わるのが苦手だった。ある時アマリさんに、やっぱり声が暗い、といわれたんだ。口角を上げろ、前歯を見せろって」

ボクは歯並びが悪いシライさんも、表情が暗いシライさんも全然想像がつかなかった。

シライさんはいつも白い歯をきらりと見せて、精悍に笑ってくれた。

「どうしても歯並びが気になるなら、直せばじゃない？　今の時代、方法はいくらでもあるよ。多少お金はかかるけど、そんなことで、コンプレックスがひとつ消えるなら、価値はあると思う。

でも、人はそんなことよりも、気持ちよく笑いかけてくれるかどうかの方がよほど気になるんだってことは覚えておいて欲しいな」


家に帰ると、ボクは鏡の前で笑顔を作ってみた。

そして、あまりの不細工な笑い顔に、自分で失笑してしまった。

二人の言うとおりだ。笑うと気分が明るくなる。

ボクはがんばってバイトして、いつか歯医者に通おうと心に誓った。

Chapter 4

ボクの携帯にアマリさんからメールが入った。

『次回来るまでに、こどもの頃の写真を用意して。データでもプリントでもいいから。赤ちゃんの頃の写真と、小学生の頃の写真。それから、中学、高校くらいまで何枚か。よろしく。』

今度は一体何を言い出すんだろう。アマリさんの意味不明のパワーがメールからもにじみ出してくるような気がした。

こどもの時の写真なんか、全部実家だ。母親に連絡して、データを送ってもらうしかない。

めんどうくさいな。

しかたなくボクは、母親に電話をすることにした。

母親は、ボクがその写真を何に使うのか当然ながら知りたがった。めんどうくさいので、学校の課題なんだよ、と適当にウソをついた。

翌朝、母親から添付ファイルつきでメールが届いた。

「あんたのこどもの頃、こんなに可愛かったのね、ってじっくりアルバム見ちゃいました。この可愛い子はどこに行っちゃったんだろう」

うざいよな。母親って。こういうとこ、ホントめんどくさい。


〈1〉

「きゃっ、かわいいっっ！！！あはははははは」

うざいのは母親だけじゃなかった…。

Lennonでボクは顔を赤くしながら、下を向いていた。

「っていうかぁ。キミ、いいね～、赤ん坊にしてこのとぼけた顔。なかなか出せないわ。こんなとぼけた味。あぁっ！こっちはイガグリっ！」

なんで、ボクはこんなおばはんの言うこと聞いて、写真なんか持ってきてしもたんや。しょーもな。ほんま、自分に腹立つわ。

久々に関西弁でムカついた。口角を上げるどころではなかった。

「気がすみましたか？すみませんけど、返してもらえませんか？」

そこではじめて、アマリさんはボクがキレそうになっていることに気づいたようだった。

「おぅおぅ。ごめん。ごめん。あんまり可愛いからさぁ。じゃ、そろそろ、本題だから機嫌直してね。

まずはちょっと、この写真を見てちょうだい」

アマリさんが差し出したのは、アマリさんのスマホで撮られたボクの写真だった。いつ撮られたものなのか、ボクがLennonのカウンターに腰をかけている写真だ。

ボクはウンザリして、言った。「また盗撮っすか…」

「ここからは真面目な話なんだから素直に聞きなさい！ まずは自分の姿勢に注目するのよ」

アマリさんにすごまれて、仕方なく、あらためて写真に目をやった。イスから腰がずり落ちそうなくらい浅く腰掛けたボクは、両足を前に投げ出し、肩胛骨のあたりを背もたれにもたせかけて、首をフラミンゴのように前に伸ばして、携帯をいじっていた。

別に珍しい姿勢じゃない。たぶんいつも、こんな風に座っているのだろう。

「別に…見る必要ないです。ボクの姿勢が悪いのは生まれつきなんで。よくわかってます」

ボクがふてくされると、アマリさんはギロリとボクをにらんで言った。

「なるほど。じゃ、ちょっとこの写真見てごらん」

そう言うと、アマリさんは1才くらいのボクが床に座っている写真を指さした。

裸で両足を前に投げ出したボクは、ご機嫌な顔でカメラを斜めに見上げていた。

胸がきれいに開いて、背筋は猫背どころか、まっすぐすぅーっと上に伸びている。

今、こんな風に座れって言われたって絶対に無理だ。

「こっちはどう?」

次は小学校低学年頃の水泳大会の写真だった。水着を着て、列に並ぶボクはひょろりとしていて、背中がぴーんと伸びている。

生まれつきじゃないんだ…そんなこと、思ったこともなかったな。

「ところが…よ」

3枚目にアマリさんが差し出した写真を見て、ボクは驚いた。

それは、小学校の卒業式の写真だった。まじめな顔をして席に座っているボクの腰はなんとなく丸い。肩が前に出て、顎が上を向きかけている。

「この辺からが決定的ね」

中学の夏休み。友達とゲームをしている時に、母親が撮った写真だった。

ボクは床に腰を下ろし、体育座りで腰と背中を丸め、首を思いっきり前に出して夢中でゲームに興じていた。完璧に猫背になっている。

ね? わかった? とアマリさんは言った。

「キミは生まれつき猫背なわけじゃないのよ。

猫背だという人のほとんどは、後天的にカラダや姿勢に悪いクセをつけてしまった人。これでもう言い訳できないでしょ?」

「で…でも、もう直せないですよね？　ここまで曲がっちゃったら、手遅れというか…」

ふふん、とアマリさんは鼻を鳴らした。

「あきらめたらその時点でおしまいよ。ジ・エンド。

情報の入口が閉ざされる。すべての可能性が消滅するわ。

大事なのは可能の発想。すべての事が可能と仮定して、自分がどうなりたいか。そういう風に考えて行動しなかったら、どんな変化も起こせないわよ」

そういうと、アマリさんはシライさんに向かって言った。

「シライくん、悪いけど、頼んどいたもん見せてくれる?」

アマリさんはシライさんに話す時は急に優しい声になる。なんか不公平だ。

シライさんは、自分の iPad で何かのデータを呼び出して、ちょっと恥ずかしそうにボクにそれを見せてくれた。

「あんまり見せたくないけど、しょうがない。はい。見てごらん。オレの高校の卒業アルバムに載ってた写真だ」

そこには制服を着て、授業を受けているシライさんの姿があった。プロが撮影したものらしく、細部までくっきりと映っている。

その写真を見て、ボクは自分の目を疑った。

写真の中のシライさんは、異様に背中が丸いのだ。

イスからずり落ちそうなほど浅く腰掛け、足を前に投げ出し、背中も腰も…そう、まさに、アマリさんが写真に撮ったボクと同じ姿勢だ。

「シ…シライさん、こんなに姿勢悪かったんですか?」

「うん。高校時代は、こんなもんだったね。

アマリさんに会うまで、オレも自分の姿勢が悪いなんてことすら気づかなかったんだ」


〈2〉

「ど…どうしたら、姿勢ってよくなるんでしょう?!」

う〜ん。とアマリさんはちょっと唸って、ボクを頭からつま先まで、視線だけでじろじろと観察した。

「キミさ、今までに姿勢を直そうとしたことってある?」

「あ…いや…たぶん、ちゃんとはないと思います」

「うん。でも気にはしてたのよね」

「はい。ずっと姿勢が悪いって言われてますし、自分でもうすうす知ってはいましたから」

「うん。まずはね、なぜこれまで姿勢を直そうって思わなかったんだろうって、そこを考えてみるべきだと思う。

姿勢を正す方法なんて、その気になればいくらでも手に入る情報でしょ？　その方法を実行することも、それによって姿勢を改善することも、時間はかかるけど、実はそれほど大変なことじゃないのよ。

これって、ボディトレーニングでも、ボイストレーニングでも、いわゆるトレーニングと呼ばれるもの全般に言えることなんだけど、トレーニング方法はほぼ出尽くしてる。実行も簡単。続けさえすれば結果だってちゃんと出る。

つまり、本当に問題なのはHOW《ハウ》（どうやって？）じゃなくて、WHY《ホワイ》（どうして？）なんだと思うわ。

もしも後1ヶ月で姿勢を正せなかったら殺すって言われたら、きっと誰だって、一所懸命情報収集してトレーニングに励むでしょ？　じゃあ、なぜ、キミはそれができなかったのか？　そして、なぜ、今、それをやりたいと思うのか？　ここにフォーカスしなくっちゃ。その答えが出て、はじめて、方法論が生きてくる。トレーニングって実はその先にあるものなのよね」

アマリさんの表現は少々極端だけど、確かにその通りだと、ボクは思った。

今まで誰にも、英語を勉強しろとか、本を読めとか言われたことはない。やらなくちゃ、と思ったことすらなかったと思う。ただ好きでたまらなかっただけだ。

英語の歌詞カードや海外の音楽雑誌を原語で読める自分にワクワクしたし、本だって、偏頭痛で目がちかちかしても、読むのをやめられなかった。

だから、受験の時期になって、同級生に、どうやって勉強したら、そんなに英語や国語の成績が上がるのかと聞かれても、うまく答えられなかったのを覚えている。

HOWじゃなくて、WHY。

なぜ、ボクは今、姿勢を直したいんだろう。

ボクは…自分を変えたいんだ。自分の声を、この声を嫌いな自分自身を、暗いとか、地味だとか言われるこの性格を、人に何か言われても言い返せない、弱くて、曖昧で、情けない自分自身を、変えたいんだ。

無言で思いを巡らすボクのようすを、じっと見ていたアマリさんは静かに言った。

「OK。今度は本気みたいだね」


〈3〉

「人間の姿勢には〝正しい〟があるのよ。

多少の個人差はあるけれど、骨格は完璧にデザインされた建造物や道具と同じ。どんなに完璧にデザインされた建造物でも、ピサの斜塔みたいに傾けて置いておけば、やがて倒壊するでしょ。

キミだって若いからいいけど、そのまま行ったら確実に後4～5年後には腰痛や肩こりに悩まされるようになるわ」

正直ボクは今でもときどき腰痛があったけど、余計なことを言うとやぶ蛇になりそうなので、あえて黙っていた。

「デザインされた通りにカラダを使うということは、カラダ自体に余計な負荷をかけず、最良の結果を長期にわたって出し続けるためには極めて重要なことなの。

姿勢の悪くなる理由はこの前もちょっと説明したけど、悪い姿勢でカラダを固定することで、筋肉や靭帯に緊張やこわばり、コリが生じてしまって、元のいい形に戻らなくなるからなのね。

一度、その悪い姿勢を身につけてしまうと、今度は脳がその姿勢を〝正しい〟と勘違いして認識してしまう。だから逆に正しい姿勢を取ろうとすると、違和感を感じるようになる。

つまりポイントは、カラダのデザインを明確に理解すること。余計なクセや緊張をリセットすること。そして、正しいバランスを感じること。この3点ね」

「な…なるほど。じゃあ、具体的には何をしたらいいんでしょう？」

「うーん。そーね。それは宿題にするわ」

「は？」

「人間、真剣になったら、ひとりでどのくらいの情報を収集できるかやってみて。そして、それによって自分自身をどのくらい変化させせられるのか。１週間あげるわ」

機関銃のようにそう言うと、アマリさんは「じゃ。１週間後」と言って帰ってしまった。


ボクは呆然とその場に座り、途方に暮れてシライさんを見た。

シライさんはにやにやしながら言った。

「キミ、アマリさんに相当見込まれてるね。アマリさん、こいつはできる、って思ったヤツには本気で厳しいいんだ。答えを自分で探させるなんて、本当に気に入って仕込む気になったヤツにしかさせないよ。おもしろくなってきたなぁ」

「おもしろくなんかないですよ。あれじゃあ、禅問答みたいじゃないですか。

デザインされた通りにとか、正しいバランスとか、全然わかんないっす」

「正しい姿勢に関する文献はインターネットでも、たくさん探せるよ。

ただし、『姿勢を正すには背筋や腹筋をつけるべし』みたいな筋肉系の文献にまどわされないようにね。もちろん、筋力も大事だけど、それは次の段階。

まずはリラックスとバランスなんだ。

緊張を取ること。チカラを抜くこと。そして、バランスよく、楽にキープできるポジションを探すことだね。

アレクサンダーテクニーク、ヨガ、インナーマッスル、ピラティス…その辺の文献を読んでみて、自分に一番ぴったり来るものから試してみるといい。

もちろん、ストレッチをしたり、マッサージでカラダをほぐしたりといった努力も必要になってくるし、場合によっては整体みたいな骨格矯正にも通いたくなるかもしれない。

とにかく、キーワードはリセットだよ。忘れないでね」

＊

家に帰り着くとボクは、また、ＰＣの前に座って、シライさんに教えてもらったように、姿勢に関することばを次々と調べてみた。

本当だ。何十万、何百万とヒットする。

姿勢に関する情報なんて、本当にいくらでもあるんだ。

こんなに情報があるのに、今まで一度も、調べようと思ったことさえなかった。そのくせ、姿勢が悪いことを気にして、くよくよしていたなんて…

その日わかったこと。

人間のカラダは、壁を背にして立ったとき、かかと、お尻、肩胛骨、そして後頭部がしっかり壁につくのが自然なのだということ。

さらに、姿勢を作っているのは骨格そのものより靭帯や筋肉のあり方。だから、きちんとゆるめて、バランスを取ればいくらでも正すことが可能だということ。

そして、正しい姿勢は気持ちよく、楽だということ。


ボクのカラダは心底ガチガチだった。

壁を背にして立てば、肩胛骨も後頭部も前に倒れたし、すべてを壁につける姿勢は、まったく不自然に感じられ、おまけに、あちこちが痛んだ。

緊張を取ろうと、ネットを見ながら、いろんなマッサージや体操を試してみたけれど、自分のカラダの硬さに愕然とした上に、全身筋肉痛のような痛みまで感じた。

それでその日はあきらめて寝てしまった。

翌朝、痛かった背中の痛みが少し和らいでいた。

正しいといわれる姿勢を取ってみたら、昨日よりだいぶ楽だった。

肝心なことは継続することだ。きっとそうだ。

Chapter 5

約束の1週間はあっという間に過ぎた。

ボクは毎日のように自分で自分のカラダをあちこちほぐし、ストレッチし、それでもどうにも背中のこわばりが取れなかったので、シライさんに紹介してもらって、整体師の治療まで受けた。

1週間でどのくらいの変化があったかはわからない。それでも、はじめは苦痛だった姿勢が、だんだんと楽に、自然に取れるようになった。

バランスを取るというのはこんな感じなんだろうと、ちょっとだけわかる気がした。


〈1〉


Lennonの扉を開けると、いきなり、賑やかな笑い声がはじけるように飛び出してきた。

カウンターには男性が3人。思い思いの服装、ポーズで腰をかけ、機嫌よくお酒を酌み交わしている。みんな相当飲んでいるようだ。アマリさんの姿は見えない。

シライさんはボクに気づくと、今までになく大きくて、陽気な声で「ようっ！ 久しぶりだね」と言った。

「あ…こんにちは。あの…パーティーとかでしたら、ボク、また来ます…」

ボクは努めて口角を上げて、にっこり微笑みながら言った。

「いやいや。オレの昔のバンド仲間なんだ。紹介するから座ってよ」

そういうと、シライさんは盛り上がっている仲間たちを制して、

「ねぇねぇ、彼さ、聖南の3年生で、最近うちによく来てくれるんだ」とボクを紹介してくれた。

「へぇ～、頭いいんだなぁ」と真っ先に立ち上がってボクに握手をしに来てくれたのは、元ベースで、今は運送屋さんをやっているというタツさん。

「はじめまして」とくわえタバコで、座ったままボクに手を差し出したのが、元ドラムのユージさん。家業の観光会社で働いているらしい。

最後に口ひげをたたえて、にこにこと穏やかに「はじめまして」と言ってくれた、キーボードのタローさんは今も現役で、あちこちのお店や結婚式でピアノを弾いているという。

シライさんたちの思い出話は、当時のバンドマンらしく、破天荒で痛快な話ばかりだった。しかも4人があまりにも楽しそうに話すので、黙って聞いているボクまで楽しくなった。

しばらくするとシライさんがボクの方に来て、

「うん。姿勢、見違えたよ。がんばってるね」とウインクした。

ボクは、「まだ、結構がんばらないと、すぐ崩れちゃうんですけど」と言ったけど、照れくさくてちょっと赤くなったと思う。

そうしてシライさんは上手にボクを話に加えてくれた。

「そうそう。彼も音楽、詳しいんだよ。この年でジョン・レノンがヒーローだって言うんだ」

「へぇ。若いのに、わかってるねぇ」

「ビートルズ以外はどんなのが好きなの？」

オークションで買い集めては、むさぼるように読んだ、古い音楽雑誌から得た知識が、こんなところで脚光を浴びた。

はじめはボクを試すように、なかば冗談で音楽のことを質問してきた4人は、ボクが意外なほどマニアックなことまで知っていることに驚いたようだった。

だんだんと身を乗り出すように、真剣に質問してきた。

「じゃあ、ジェフ・ベックの『ブロウ・バイ・ブロウ』のジャケットに映ってるレスポールって何年製なの？」

「じゃ、ストーンズの69年のアメリカツアーって、アンプなんだったの？」

興味津々に、次々と聞いてきては、ボクの答えに歓声を上げた。

年が自分の倍もある、プロで音楽をやっていたというオトナたちに、大好きな音楽の知識を誉められて、ボクはすっかりいい気分になって、知っていることを一所懸命しゃべった。

ところが、楽しかったのは最初だけだ。

酔った4人の大きな声と、いつもよりちょっと大きめにかかっていた音楽に、ボクの声は何度もかき消され、その度に、みんなはまた、何度もそれを聞き返してきた。

そのうちにだんだんとノドが痛くなり、声がかすれて出にくくなった。

しまいには、口の悪いユージさんが「お前さぁ、聞こえねぇよ。もうちょっと腹から声出せよぉ〜」とボクをからかうので、ボクはますますムキになって話し、結局、1時間も経った頃にはボクの声は完全に出なくなっていた。

〈2〉

シライさんの仲間が、それぞれ予定や行くところがあると帰ってしまって、しばらくして、背後で扉が開く気配がした。振り返ると、アマリさんがドアからひょいと頭を出している。いつもなら、「じゃ、帰るわ」という時間だ。

「どう？ 楽しかった？」といいながら、アマリさんは定位置に座る。

「はい。おかげさまで」とシライさんは上機嫌で答えた。

一杯だけね、とシライさんにいつものシェリーを注文してから、アマリさんはボクの方を向くと、顔をくしゃっとさせて微笑みながら、嬉しそうに言った。

「見違えちゃったじゃない〜、キミ！ キミはできる子や。ほんと、エライ。5センチは身長が高く見える！」

ボクは「ありがとうございます」と言った。いや、言ったつもりだった。

実際には、ボクの声は完全に枯れていて、かすっと音がしただけだった。

その瞬間、アマリさんは眉毛を眉間の真ん中にきゅっと寄せて、今度はあんぐりと大きな口を開けた。

「は？ 何その声?! へ？ もしかして、お兄さんたちとしゃべってて、枯れちゃったの?」

「はい…」

ボクは無力感に苛まれながら、やっとの思いで絞り出すようにそう言った。

アマリさんは、はぁ…とため息をつくと、言った。

「しょーがないなぁ。今日はもう帰りなさい。明日一日声出しちゃダメよ。でもって、声が出るようになったら、またおいで。

やっと姿勢と顔が生き返ってきたから、そろそろ本格的に声の話しなくちゃと思ってたとこなのに。まぁ、学習のタイミングとしちゃあ、よかったわね」

なにがよかったのか、さっぱりわからないけど、とりあえずボクは黙って頷いて、しゅんとした気分のまま店を出た。

必死で姿勢なんか直したって、結局ボクの声は枯れちゃうんじゃないか。

そう思うと、本当に情けなかった。

〈3〉

3日後、ボクはアマリさんの隣の席でメモを取りながら話を聞いていた。

アマリさんは2人分のミネラルウォーターを注文した。

「キミの声が枯れやすいのは、話す時にノドの周りを緊張させてしまうクセのせいね。

発声は「作用」だから、それを起こすためには必ず、「力点」が必要なわけ。

その「力点」はお腹であって、ノドじゃない。みんな声が作られるのがノドだと知っているせいか、一所懸命話そうとすると、ノドにチカラを入れるのね。

でも、ノドはあくまでも、お腹から頭のてっぺんにぬけるチカラの通り道であって、そのものにチカラをかけちゃダメなのよ。

この間も少し話したけど、人間の声は、本来、何時間話しても枯れないようにできていて、いろんな緊張やクセのせいで、出にくくなっちゃうんだったわよね？」

「姿勢と同じようにリセットすれば本来の声が取り戻せるということでしょうか？」

「うん。基本、リセットが大事なのは姿勢と同じ。

ただし、姿勢が『機械の設置方法』とすると、発声は『使い方』なのね。リセットした上で、ちょっとしたコツを覚えることで、より楽に、響く声が出せるようになるわ。

声が枯れやすい原因は、Too much《トゥーマッチ》、すなわち「やり過ぎ」なの。

力み過ぎ、焦り過ぎ、緊張し過ぎ。この3つの「やり過ぎ」を解消することが先決ってこと」

「ボクの場合、声が小さいので、ついついがんばっちゃうんだと思うんです」

「そこよ。声が小さい原因も実は同じ。『やり過ぎ』。

どちらも、発声のフォームが崩れてしまっているから起きることなの。

スポーツを考えてくれればわかるわ。キミはバスケをやってたのよね？　じゃ、フリースローをするときのことを思い浮かべてくれればいいんだけど…」

アマリさんはおもむろに立ち上がって、「ほいっ」とかけ声をあげて万歳をしながらぴょんっと小さくジャンプした。

「どう？」

「ど…どうって？」

「だから、今のあたしのフリースローのフォームよ」

「あ、今のフリースローですか…ボール、完全にバックボードの下くぐってます。っていうか、せいぜいバレーボールのトスにしか…」

「そうそう。わざと、わざと。わざと力んで見せたの。

余計なチカラが入ると、軸がぶれる。いらない筋肉が硬くなって、一番肝心な筋肉のパフォーマンスが落ちる。反射力が弱るから、タイミングもずれるし、カラダの微調整がきかないからコントロールも鈍る、とまぁ、こういう理屈。ところが…」

アマリさんはまた、「ほいっ」とかけ声をあげて今度はさっきよりも大振りに手をふり上げて、ちょっとだけ高く飛んだ。

一瞬アマリさんは得意そうな顔になったけど、残念ながらウサギのダンスにしか見えなかった。

「どう、今度は?」

「あ…あのぉ…今のもフリースローですか?」

「あたり前じゃない! リラックスしてフォームを作れば、軸が安定する。筋肉のパフォーマンス、タイミング、コントロール、すべて思いのままで、充分に自分のポテンシャルを発揮できる、というわけ」

アマリさんの完璧な論理展開と、まったくイケてないフリースローのフォームの、絶妙なコンビネーションに、ボクは笑いをこらえるのが精一杯だった。

「は？ なに笑ってんの？」

「す…すみません。フリースロー、両手でボール投げるの、小学生くらいで…」

アマリさんは「ちっ」と舌打ちし、「だからぁ、キミにわかりやすく説明するために、わざわざバスケを例に取っただけだからさぁ」とあからさまに不機嫌な顔になって言った。

「アマリさんってもしかして…運動音痴ですか…？」

ボクが小声でシライさんに聞くと、シライさんは両手で顔を覆って、肩を揺すりながら「ははははは」と笑いだした。

「えぇ、えぇ、そうやって笑えばいいわよ。どうせあたしは運痴よ。うんち。しょーがないじゃない。生まれつきなのよ。こればっかりは、もぉ〜」

ボクたちを恐ろしい形相でにらんだかと思うと、いきなりシュンとして、いじけた声を出す。ジェットコースターのようなアマリさんのようすが、あまりにもおかしくて、ついにボクまで声をあげて笑ってしまった。

するとおもむろにアマリさんがボクの鼻先を指さして、大きな声を出した。

「そうそうっ！ ほらっ！ ほらぁっ！ キミ、そんなに大きな声出るんじゃないのっ！」

言われてボクもはっとした。そういえば、笑い声だけは昔からよく響く。

アマリさんは勝ち誇ったような表情になって言った。

「ね？　大きい声が出ないんじゃないでしょ？　出し方を間違えているだけよ。ポテンシャルは充分あるわけよ」

確かに、ボクはあくびもくしゃみも大きいし、笑い声だって大きいとよく言われる。同じ声なのに、なんで、話す声だけ小さいんだろう。

「笑うとか、あくびするとか、くしゃみするとか、反射的にやってしまうことって、緊張やクセが介入する余地が少ないから、本来の声が出やすいのね。一方、『話す』のように、あらゆるテクニックや意識の介入しやすいことには、どうしても…」

またうんちくがはじまりそうになったので、ボクはちょっとイラッとして、思わずアマリさんを制した。

「あ…あの、アマリさん。もう理屈とか、小芝居とかいいんで、ボクにも大きくて響く声が出せる方法をたった今、教えてもらっていいですか？

カリスマなんすよね、アマリさん？　だったら、何ヶ月もボイトレしなさいとか、腹筋運動しなさいとか、そういうんじゃなくって、ちちんぷいぷい、アブラカダブラ、ビビデバビデブーみたいな。そういうやつ、今すぐ教えてくださいっ！」

アマリさんは話を途中で遮られたことに、ちょっとムッとしたようだった。ほおづえをついて、眉を寄せ、しばらく顎をこすっていたが、気を取り直したように、おもむろにボクに質問した。

「キミ、身長何センチ?」

「あ…173くらいっすかね」

「なるほど。じゃあ、さ、あたしよりも10センチ以上大きいのに、声がそんなにショボイのって、おかしくない?」

本当にこのアマリさんという人の発言は、人をムカつかせる。

「はい。たぶん」

「つまりキミは、そのサイズ通りカラダを使えていないってこと。カラダの細部と、自分自身がつながっていない。

電気回路のショートしたガンダムに乗っかってる感じよね。制御不能状態。

だからキミには大きい声を出すトレーニングなんか必要ないの。自分本来のサイズを取り戻せばいいだけよ。

覚えなくちゃいけないことは、3つだけ。『ため息』『腹式』『コネクション』。

たったの3つ。このへんが、あたしがカリスマと呼ばれちゃうゆえんなわけね」

またしてもちょっと鼻が膨らみかけたアマリさんのことばを、ボクは無視した。

「えっと…、で、とりあえず1つめね。『ため息』。じゃ、まずはため息ついてみて。はいっ!」

やっと本題に入りそうなので、僕は言われるままに「はぁ～」とため息をついた。

「違うっ！　何その不幸そうなため息?!

ため息には不幸なため息と気持ちいいため息と2種類あるはずでしょ？　なんで、人はみんな、『ため息ついて』って言われると、『どっちですか？』って聞きもしないで不幸そうなため息つくのかしらね？」

「気持ちいいため息ってなんすか？」

「だからさぁ、寒い外から帰ってきて、冷え切った身体を湯船に沈めた瞬間とか、さんざん仕事して疲れた後に、ビールをきゅっと飲んだ瞬間とか。そういうほっとした瞬間に思わず、お漏らしになってしまうあの声よ。あれ。ほいっ！」

「あ…ボク、そういうの声に出さないいんで」

アマリさんは例の、ほぉ～らねという顔をして、ボクに言った。

「なんでつかないの？　ついちゃいけないって誰かに言われたの？」

「いや…よくわかんないですけど、こどもの頃からじゃないですかね。ため息つくと幸せが逃げるって親も言ってましたし」

「ため息ついて幸せが逃げたって人の話、一人でも、聞いたことある？」

「いや…まさかぁ」

「そう。そんなの迷信に決まってるじゃん。そもそも、ため息ついたくらいで逃げる幸せなら、所詮その程度のもんてことよ。

ため息はねぇ、神様が人間にお与えになった究極のリラクゼーション法なのよ。酸素をたくさん取り込んで、血行をよくして、疲れを癒したり、カラダをリラックスさせたりする、いわば自然な行為。それを押しとどめちゃったりするから、カラダも声帯もどんどん緊張しちゃうのよ。

気持ちいいため息ってのは、こんな感じね」

アマリさんは気持ちよさそうに、「あ〜〜〜あ」と大きなため息をついた。

Lennonの打ちっ放しの壁に、わーんと反響して、小さな店全体がアマリさんのため息に包まれたようだった。聞いているこっちまで、気持ちよくなるような、リラックス感が伝わってきた。

「今日もいい『ほ』が出ましたぁ」アマリさんは顔をくしゃっとして微笑んだ。

さ、キミの番だよ。とアマリさんは言った。

「息じゃなくて声を出すのよ」

ボクはなるべくそれらしい声を出そうとしてみた。

「あ〜」

「わざとらしいなぁ。うーん。長年の緊張は、なかなか取れないからね。

でもさ、声帯が振動するとカラダも振動して、それは気持ちいいのよ。その波動でカラダのリラックス度がもっと高まるようになってるんだけどなぁ」

それから何度も幸せなため息を練習させられ、あまりにへたくそだという理由で、結局、宿題ということになった。『覚えておかなくちゃいけないこと』の残り2つはおあずけだ。

＊

ため息はボクにとってかなりな難題になった。そもそも、そんな習慣がなかったわけだから、どうやって出したらいいかわからない。思いつく限り、いろいろと試してみるしかなかった。

お風呂に入って、布団に横になって、通学の途中で、授業の合間に、ため息の練習をひたすら繰り返した。アマリさんの宿題をこなさなくちゃ、という気持ちももちろんあったけど、なにより、自然に出るはずの声が出ない自分というのが気持ち悪かったのだ。

1週間を過ぎようとするころ、「いやぁ〜」と言いながらため息を出すとなんだかいい感じで声が出る感じがつかめてきた。

そうして声が出てみると、確かに、カラダの深いところが響いている感じ、どこか気持ちの奥の方と繋がっている感じがして、本当に気持ちよかった。

ため息がつけるようになって、誇らしい気持ちになるなんて、今まで思ったこともなかったな。

Chapter 6

Lennon の扉に手をかけると、中から「しゅ〜〜〜〜っ」という蒸気機関車のような音が聞こえてきた。見ると、アマリさんがPCを叩きながら、なにやら変な音を出している。

「シュ〜〜〜ッ、シュ〜〜ッ」

ボクを見ると、いつものように「やぁ」というように2本の指を顔の前に立てた。それは声というのではなく、噛みしめた歯の間から強い呼気が漏れているようなノイズだった。

「ど…どうしました?」

ボクは恐る恐る聞いてみた。変な人なのはわかってたけど、つ…ついに…。

「違〜うっ。ぼけてな〜いっ! 今日は残りの2つを教えるんで、説明の仕方を確認してたのよ。じゃ、キミ、今のやってごらん」

「へ…? あの。やってみろとは?」

「だから、今あたしがやってたやつよ。シュ〜〜ッ」

まぁまぁ、とりあえず汗を拭いてからでもいいでしょ、とシライさんが苦笑しながらおしぼりを渡してくれた。

「ありがとうございます」と汗を拭いていると、イラッとしたアマリさんと目があい、仕方なくボクは、「で、どうやるんですか?」と聞いた。


「まずはいい姿勢で座って、おへその下に手を置くのよ」

言われるままに、ボクはアマリさんを真似て、両手の指先をそろえておへその下に置いた。

「はい、じゃ、そこを手で押しながら、音を立ててみて。こういうやつ。シュ〜ッ」

「しゅー」

「違う違うっ! しゅって言えって言ってないでしょ。シュ〜ッって音を立てるのよ。蒸気機関車みたいな音っ!」

今日のアマリさんは最初から妙にテンションが高い。そうでなくても、江戸っ子で気が短い上に、ちょっとSっ気があるのになぁ。なんでも、いちいち強引で…

「何ぶつぶつ言ってんのよ。だから、声じゃなくて、音よ。音」

それでボクは、騒がしい教室で小学校の先生がこどもたちを静かにさせるときに立てるような音を、歯の間から出してみた。

「しーっ」

「うん。そう。お腹が凹むと息が出る感じはわかる?」

「はぁ、まぁ、なんとなく」

「最初はなんとなくでいいわ。お腹を押す。そうすると息が出る。お腹をゆるめると自然に空気が戻ってくる。つまり、キミは息を吸わなくても一生その音をたて続けられるってわけ」

確かに、息は吸わなくても勝手にお腹に戻ってくるようで、お腹を押して凹ませた後、その手をゆるめると自然にお腹が膨らんだ。ボクは意識して息を吸うことなく何度でも、その変な音を立て続けられた。

「これが腹式呼吸ってヤツよ」

「え? いやいや、アマリさん。腹式呼吸って、あの演劇の人とか歌手の人とかがやる呼吸法でしょ? こんなに簡単なんですか?」

「歌ったり、演技したりするときの発声って、空中ブランコに乗るとか、段違い平行棒やるみたいな、特殊な運動とは違うわ。ごく自然な発声の延長にあるのよ。演技も歌も人間のカラダの自然な反応を意志を持って引き出しているだけ。腹式呼吸なんて、赤ん坊はみんなやっている、ごくごく自然な呼吸。寝ているときは誰だって腹式呼吸だしね。

腹式呼吸で話したり、歌ったりすれば、胸やノドに余計なチカラをかけないから、自由自在に声が出せるようになるの。あたしがオススメしたいのは、話す時ももっと積極的にお腹で話していくってことね」

「お…お腹で、ですか？」

ちょっと来て。とアマリさんはボクに手招きした。

「あたしのお腹さわってごらん」

ボクはちょっとためらった。

アマリさんは気楽に「ここさわって」と自分のカラダをさわらせたり、「ちょっといい？」と言いながら、ボクのお腹をさわったりしてくる。

還暦間近とはいえ（そんなことをもし口に出して言ったら殺されるけど）アマリさんだって一応女性。女性に「お腹さわって」と言われれば、普通の男ならちょっとひくよな。ある種の逆セクハラだよな。これって。

「早くっ！」

「あ…し…失礼します」

「どう？　あたしのお腹、しゃべり声と一緒に動いているのわかる？」

確かに、アマリさんのお腹は、アマリさんが「どう？」「あたしのお腹」というたびにゆっくりと動いた。

「あたしがしゃべっているんじゃなくて、この方」アマリさんはお腹を指さした。「この方がしゃべっていると言っても過言じゃないのよ」

「それって、アマリさん、意識的にやってるんですか？」

「たぶん、はじめは意識的にやっていたんだと思うんだけど、今はなんの意識もないわ。むしろ、話している時に動いていると気づいたのも最近なの。歌のトレーニングをしているうちに、こっちの方が楽で、声が響くってカラダが気づいちゃったのね。それでいつの間にか、こうなっちゃったんだと思うわ」

アマリさんの声に何ともいえない深みを感じるのは、カラダの底から響いているからかもしれないな、とボクは思った。

「いつもお腹で話さなくちゃいけないってことはないのよ。でも、少なくとも、人前で話すときや、この間みたいに騒がしい場所で話すときにはこうやってお腹で話すように心がける。それだけでコミュニケーションはすごく楽で、楽しいものになるわ」

アマリさんはいつにも増してものすごいテンポでしゃべり倒すと、

「ってな感じで、あたしは今日は、この後別件で会食があるから」と、パタパタとお化粧直しをすると、いそいそと店を出て行った。

いつものように、シライさんと2人で店に取り残されたボクは、すがるような目でシライさんを見た。機関銃のようにボクのハートにぐさぐさ突き刺さるアマリさんのトークとは違い、静かに語られるシライさんの話は、ゆっくりと染みこむようにボクの腑に落ちるのだ。

「呼吸を理解するなら、あれを使うといいかもな」

シライさんはひとりごとのようにそう言うと、カウンターの裏へ行き、ピンク色のソフトボールを持ってきた。

「今日、たまたま、そこのペットショップで、うちのイヌにお土産を買ったんだけど」

そう言うと、ボクの目の前で、ぴゅーっと音を立てながら、そのソフトボールを潰して見せた。ボールはシライさんが手をゆるめると、今度はぷぅ〜〜と音を立てながら元のカタチに膨らんだ。

「わかる？　この風船、自分で空気を吸い込んでいるわけじゃないよね？」

「はい。カタチが勝手に戻っているんですよね？」

「そう。ボールを潰せば中の空気は外へ出る。ボールはゴムだから、元のカタチに戻ろうとする、すると中の気圧が下がる。わかる？」

ボクは科学は得意とは言い難かったけど、気圧くらいのことなら、なんとか、わかりそうだった。

「空気は気圧の高い方から低い方に流れるでしょ？　だから、ボールの中の空気量はボールのカタチが戻ると共に元に戻るわけだ。ここに『吸い込む』はないんだよ。押す、戻す。出る、入って来る。それだけ。シンプルじゃない？」

「なるほど。つまり肺も同じように、機能しているということですね？」

「そう。基本的にはそういうこと。もちろん、激しい運動をしたりして、たくさんの酸素が必要になると、意識的に呼吸をしなくちゃいけなくなることもある。でも、呼吸の基本は吸い込む力じゃなくて、吐く力をつけること。そして、カラダの緊張を解いて、中のスペースをできるだけ広げてあげることだと覚えておくといいよ。

　有効なのは深呼吸の練習だね。人は、自分でもびっくりするくらい、浅い呼吸しかしていないものなんだ」

　シライさんはそう言うと、ゆっくりと、息をすっかり吐き出して、今度は少しずつカラダに空気を入れていった。信じられないくらいたくさんの空気がシライさんのカラダの中に入ってゆき、シライさんのカラダは大きく大きく膨らんでいった。それでも、シライさんはまだ気持ち良さそうに空気を少しずつ吸い込んでいけるようだった。

　すっかりカラダが大きく広がるとシライさんは今度はお腹を少しずつ凹まして、シュ〜ッとアマリさんが立てたのと同じような音を立てながら、ゆっくりと息を吐き始めた。それは、1分以上も続いた。

＊

シライさんの言うとおりだ。

長いこと、ちゃんと深呼吸なんかしたことなかった。カラダにめいっぱい空気を吸い込もうとすると、肺の動きは途中で何かにブロックされて、全然吸えなくなった。

それでも、教わったとおり、仰向けになって深い呼吸をすれば、ちゃんとお腹を空気が満たしていく感覚もわかった。

結局、姿勢。緊張。クセなんだな。それはわかる気がする。でも…

いつの間にか身につけたクセのせいで、自然にカラダが使えなくなっているとアマリさんは言うけど、そんなこと言ったら、ほとんどの人間が不自然で、クセだらけの姿勢や発声をしているんじゃないか？　だとしたら、最早それが人間にとって自然な姿なんじゃないか？

そして、そして、ため息だの深呼吸だの、気が遠くなるような話ばかりで、本当にいい声になって、気持ちよく人前で話する日なんか、ボクに来るんだろうか？

希望と絶望のないまぜになった複雑な気持ちのまま、ボクは妙に疲れて、そのまま眠ってしまった。

その夜、ボクはユイちゃんと海水浴に行く夢を見た。ユイちゃんは白地に黒い水玉のちっちゃいビキニを着ていた。水着姿はそりゃあ可愛くて、ちょっと小振りなその胸をユイちゃんに気づかれないようにちらちら見ながらとてつもなくドキドキした。

二人で浮き輪につかまって真っ青な海に浮かびながら、ボクはこのままどこか南の島に流れ着いちゃったりして。そしたらユイちゃんはボクのことを頼りにして、こんなことや、あんなことも…なんてヨコシマなことを考えていたその瞬間、ボクの手が浮き輪から滑った。慌てて体勢を立て直そうとしたのもむなしく、ボクの手は水をかき、ぶくぶくと、海の底に沈んで行くのだった。溺れる。このままでは溺れる。空気が足りない…と思ったとき。

「吐けないから息が入ってこないのよ」

そんなアマリさんの言葉を思い出し、ボクは必死に息を吐いてから、気がついた。

「海の中じゃ、空気を吐いたら、入って来るのは水だけじゃないかぁっ！」

そうやって、声にならない叫び声を上げてもがき苦しむうちに、目が覚めた。汗びっしょりだった。

水玉模様のビキニを着たユイちゃんの笑顔と、ちっちゃな胸。そして海の底から見上げた、にじんだ太陽に向かって、むなしく水をかく自分の手の映像だけが脳裏に焼き付いて、無性にさびしくなった。

Chapter 7

新学期がはじまった。夏休みの終わり頃から、少しずつ走りはじめたボクは、大学の授業に出かける前に、5キロほどのジョギングをこなすようになっていた。

それは、アマリさんと出会い、次々と与えられる課題に取り組むうち、自分のカラダに意識を向けられるようになったことと無関係ではない。

21年間生きて来て、バスケの練習を一所懸命やっていた、ほんの数ヶ月間をのぞいて、この数週間ほど、ちゃんとカラダと向き合ったことがあっただろうか？ 自分のカラダを意識したのは、病気になったり、どこかが痛んだりしたときだけだったかも知れない。

カラダは、どんな道具よりも的確に忠実に、自分のために働いてくれるものなのに、正しい使い方を理解しようとするどころか、無造作に、時に乱暴に、ろくにメインテナンスもせず使い続ける。

そのくせ、自分のカラダがうまく働いてくれないと不平不満を言ったりする。

ボクは「カラダは完璧。問題があるのは持ち主なの」と言った、アマリさんのことばの意味がなんだかわかる気がした。

学食で雑誌を片手にランチを食べていると、後ろから「おうっ」と肩を叩かれた。コースケだ。コースケは大学で唯一友達と呼べるやつで、軽音でロックバンドをやっている。ボクも入学当初、何回か軽音の見学に行ったことがあって、学部の違うコースケとはそこで出会った。帰りがけに一緒にスタバに寄って、音楽談義、楽器談義で盛り上がって以来のつきあいだ。コースケのバンドはインディーズからCDをリリースしたり、都内各地でライブやイベントに参加したりと、精力的に活動していて、学内でも結構人気があった。

そんなコースケが、ボクに一目置いてくれていたり、ボクを見かけるたびに話しかけて来てくれたりすることは、ボクとしても悪い気はしなかった。

「おまえさ、夏休み、なんかいいことあったの?」いきなりコースケが言った。

「は? 別に。なんで?」

「いや。なんとなくね。相変わらずしゃべんないけど、最近ちょっと楽しそうだなって、みんな言ってたぜ」

ボクはくすぐったいような、嬉しいような、不思議な気持ちになって、「ふーん」とだけ言った。

「そういやユイちゃんも言ってたな」

ボクは突然ユイちゃんの名前が出てきて、どきっとしたことを悟られないように、一呼吸置いてから、何気なく聞いた。

「ん？ ユイちゃん？」

「あぁ、『彼女とかできたのかなぁ。』って気にしてたぜ」

コースケが意味深な笑いを浮かべた。ボクは、ユイちゃんが、ボクのいないところでボクの話をしていたと聞いただけで昇天しそうだった。

「な…なんで、そんな風に思うのかなぁ」

「そりゃあ、お前のことが気になってるからに決まってるじゃん」

「い、いや。そういう意味じゃなくて。ボク、何か変わったのかな？」

ボクはコースケの言葉に、またドキンとしたけど、慌てて言った。そう言うとコースケは、ボクをじーっと見てから言った。

「なんだろうね。うーん…お前、夏休み前とは、確かにちょっと雰囲気変わったよね。なんていうか、ちょっと、自信とか余裕を感じるんだよな。変な表現だけど。マジ、彼女とかできたの？ ひょっとして？」

「いや…まあね」

ボクは、『定期的に会っている女性はいるけどね』と冗談で言いかけて、思わずひとり、苦笑してしまった。

＊

Lennon の扉を開けると、アマリさんが嬉しそうに手を振った。

「あ〜、来た来た。しばらく来なかったね。調子はどうなの？　元気？」

新学期のバタバタで、3〜4日ほど店に来られなかったのだ。気にしてくれていたことが、嬉しくも、申し訳なくもあった。

「すみません。なかなか来られなくて。メールすればよかったですね。でも、その間に呼吸はばっちりクリアしましたよ」

そう言うとボクは、この間シライさんがやって見せてくれたように、カラダ全体を息で満たし、少しずつ、1分以上かけて呼吸を吐いて見せた。アマリさんとシライさんは顔を見合わせてにっこりした。

「よっしゃ。いよいよ最終段階に入れるわね」アマリさんはそう言うと、シェリーをくいっと飲み干した。「そろそろ、いい声出るはずね」

「は？　そろそろって、まだ、ボイトレらしいことは、なんにも…」

「わかってないなぁ。キミが気持ちよく声出すのに必要なもう道具は全部そろったのよ。何度も言うけど、大事なことは持ってないモノを手に入れようとすることじゃなく、持っているモノのすべての可能性に気づくこと。それを最大限に活用すること。青い鳥なのよ。青い鳥」

そう言うと、アマリさんは自分のたとえが秀逸だったと感動するかのように、うっとりとした顔をした。思わずボクが小さくため息をつくと、アマリさんはきりっとした表情でボクを見て言った。

「はい。そういうんじゃなくて、いいため息をください」

そういうんじゃなくてってなぁ…と口から出そうになったけど、アマリさんが真面目モードになっている時に余計なことを言うとろくなことがない。

ボクは素直に姿勢を正し、カラダをリラックスさせて、大きく「あ～～あ」と気持ちのいいため息をついた。

ボクの声が店中にうわ～～んと響いた。一瞬、流れていた〝I want you《アイウォントユー》〟のギターの音が、ボクの声でマスキングされたかのようだった。

「おぉ～～う」

アマリさんとシライさんは二人で顔を見合わせて、目を大きく見開き、嬉しそうな顔をした。

「いいじゃん。いいじゃん。いい声出るじゃん」

正直、ボクも自分の声に驚いた。家で何度かやってみてはいたけれど、壁の薄いアパートでは思い切って声を出せなかったせいか、これほどの響きにはならなかった。コロコロと変わるアマリさんのユーモラスな様子に、気持ちが和んで、力が抜けたのがよかったのかもしれない。

「ね？　言ったとおりでしょ？　これがキミのホントの声の種よ」

「あ…正直びっくりしました。こんな響く声、出るんですね。ボク」

アマリさんは腕組みをして、胸を張ると、得意満面な笑みを浮かべた。

「さ、ここからね。この声をちゃんと使えるようになることが大事なのよね」

「な…なりますかね？」

「もちろん。いいため息と、いい呼吸ができたら、後は簡単。その2つをつなげればいいだけよ。今やったため息、すなわち声の種と、この間やったしゅ〜〜〜という、お腹だけ動かす呼吸を連動させる。胸を動かさないで、お腹でため息をつくって感じね。お腹から入ったチカラは頭のてっぺんにシュワッチって抜けていく。クビが前に出たり、顎が上を向いたりしないように、すーっと上に伸びる感覚で…ま、百聞は一見にしかず。やってみるから見ててね」

そう言って、アマリさんが姿勢を正し、呼吸を整えて、声を出そうとした、まさにその瞬間、棚の裏でシェリーのボトルを探していたシライさんが慌てて飛び出してきて、アマリさんを制した。

「おっと、アマリさんっ！　ちょっと待って下さいっ！　こないだみたいのは勘弁してくださいよ！」

冷静なシライさんにしては珍しく、焦った声だ。アマリさんは恥ずかしそうに顔を赤らめて下を向いた。

「だ…大丈夫よ。この間はちょっと、飲み過ぎてて、手加減するの忘れちゃっただけよ」

「は？　なにかあったんすか？」

シライさんはボクの方を見て苦笑しながら言った。

「いやね。アマリさん、帰国してはじめてこの店に来てくれて、『音響いいわね。さすがシライくんね』なんて誉めてくれたのはよかったんだけど、『音響チェ〜〜ック』なんて言ったかと思うと、いきなり大きな声で歌い出してさぁ…」

だから、ごめんなさいってばぁ…とアマリさんは小さくなって、シライさんの注いでくれたシェリーのおかわりをチビチビロに運んだ。

「そしたら、この棚の前の方に置いてあったグラスが共鳴で落っこっちゃって。オレのお気に入りのグラスとか、何個も割れちゃったんだよね」

シライさんはアマリさんの方をいたずらっぽい顔でちらちらと見ながら言った。アマリさんは真っ赤な顔のまま、いじいじと下を向いていた。

共鳴でコップが落ちる？　いったいどんな声なんだろう。

しょげかえっているアマリさんを見て、シライさんはにこっと笑って言った。

「ま、手加減してくれるんなら、いいですよ。彼にも聞かせてあげたいし。お手柔らかにお願いしますね」

「あら、そう？　いい？　ほんと？　うん。大丈夫。ちゃんと手加減するからさ」

愛息に怒られたお母さんのように、素直にそう言うと、アマリさんは再び姿勢と呼吸を整えた。

次の瞬間、アマリさんの口から出た、「あ〜〜〜〜」という、深い、深い響きのある声に、店全体がうわんうわんと鳴った。その振動の気持ちよさに、ボクも一瞬にして鳥肌が立った。本当にすごい声だった。アマリさんは自分の声でだんだんと気持ちよくなってしまったようで、初めこそ控えめだった音量もやがてどんどん大きくなった。それに連れて、店中のグラスが振動しはじめた。

アマリさんの声がさらに大きくなろうとした刹那、シライさんが両手を大きく広げて、アマリさんに、「は〜〜い。ストップ〜っ」と声をかけた。

あやうく、また惨事が起きるとこですよ、アマリさん。

シライさんはアマリさんにシェリーのおかわりをそっと注ぎながら、ほほえみかけた。

＊

「アマリさんみたいな声、ボクにも出せるようになるんですかね？」

いつものようにシライさんと二人になってから、ボクは聞いた。

「あはは。アマリさんは誰にだって出せるって言うけど、まぁ、なかなか、ああはいかないよね。っていうか、あんな声、普通の人には必要ないでしょ。でも、それなりのポテンシャルはあると思っていいよ。どこまで育てるかはそれぞれの選択だからね」

「確かに。普通に話すだけなら、べつに大きな声が出る必要はないですよね」

「うん。ただ間違えちゃいけないのは、大きい声と響く声は違うってことだね。大きい声を出そうとすると、カラダに無駄なチカラが入る。どんなスポーツでも同じだけど、力んでいい結果が得られる事なんてひとつもないよ。例えば、これはNG」

そう言うと、シライさんは顔をゆがめて、クビを前に出し、「おぉ〜〜」としわがれた声を出した。とても大きな声なのに、グラスはまったく振動しない。ぎすぎすとして、とても苦しそうな、イヤな響きがした。ボクは思わず顔をしかめたと思う。シライさんは「アマリさんと一緒にいると、なんか、こういう芸みたいなこと、したくなっちゃうんだよね」と笑いながら言った。

「力んだ声からは共鳴は生まれない。つまり響かないんだ。心地いい声は心地いい響きを持っている。部屋が共鳴する音も自分の声のうちだからね。部屋と戦わないで、味方につけることだ」

「ボクみたいな普通の学生に、響く声はどの程度まで必要なんでしょう?」

「うん。もちろん、自分がストレスを感じない程度に声が出れば、いいと思うよ。届けたいところに確実に届く声であれば充分だよね。それが聞いていて心地いい声だったらなおいい。

ただね、いつでも必要な時に十分な声量のある、よく響く声を出せるようになることで、自分という人間に自信が持てるんだ。そして、一声で周囲に有無を言わせない説得力を発揮できるという根本的な自信は人生を大きく変えてくれる」

店を閉める時間になって、ボクが帰ろうとすると、シライさんはレジの横にある小さな引き出しから、何かを取り出しながら言った。

「声を出す練習で一番困るのが場所の確保だと思う。よかったら、この店、使っていいよ。音楽を聴くために作ったから防音は十分なはずだ。グラスさえ割らないでくれたらいいから」

そう言って、ボクに渡してくれたのは、Lennonと彫り込まれたシルバーのキーホルダーについた、一対の鍵だった。ボクは、あまりのことに戸惑い、一瞬、どう返事をしたらいいのかわからなかったけど、シライさんの温かい目に感動を覚えて、頭を下げ、素直に鍵を受け取った。そして使わせてもらった日には開店前の掃除をさせてもらうという条件を申し出て、週に3日、夕方に1時間だけお店を借りることにした。

Lennonの音響は気持ちがいい。初めはおずおずと、少しずつ大胆に声を出せるようになった。やがて、ジョンの曲をかけながら、一緒に歌ったりさえするようになった。もちろん、歌は聴かせられたもんじゃなかったけど、自分の声が店に響いて、それがとても楽しかった。

Chapter 8

〈1〉


「いやだな、いやだなぁ！　アマリさんったら、もぉっ！」

いきなり、Lennon の扉がば〜んと開いたかと思うと、若い男が怒っているような、甘えているような、大きな声を発しながら、どかどかと店に入ってきた。

唐突な登場にびっくりして振り返ったボクには目もくれず、その男は一目散にアマリさんの隣に駆け寄って、おもむろにイスをひいて座った。

「っていうかぁ。連絡くださいよぉ。ホントにぃ。シライくんにだけ知らせるなんて、寂しいじゃないですかぁ〜」

大きな声で、やたらオーバーに話す。サイケ調の派手なシャツに、ロックスターがかけているようなサングラス。高そうな腕時計にクロムハーツのアクセサリーをじゃらじゃらつけて、夏だというのにロンドンブーツを履いている。無造作に流した茶髪に、顔は…あ…あれ？

「あ…あの…」

シライさんがニヤリとしながらボクに言った。

「そう。ライトだよ。西村雷人。HAYATE《ハヤテ》のボーカル」

ライトはシライさんの方に向き直ると言った。

「っていうか、シライくんもシライくんだよなぁ。なんで、教えてくれないのよ。アマリさんが帰ってきてるってぇ」

HAYATEといえば、発売するすべてのアルバムがオリコン・ナンバー1に輝き続けている超人気ロックバンドだ。デビュー15年になろうというのに、いまだ人気は衰えるどころか、若いファンをどんどん増やしている。確か今は15周年の全国ツアーの真っ最中。年末の東京ドーム2デイズでファイナルをむかえるはずだ。

「ライト、忙しいと思ったのよ。ツアー中って聞いてたし。あたしはまだしばらくいるつもりだから、ツアー終わった頃に連絡しようと思ってたのよ」

アマリさんはだだっ子をなだめるお母さんのようだった。

「水くさいっすよぉ。ほんとにぃ」

そして、ライトときたら小学生のこどものような甘ったれた声…

ずいぶんイメージが違うな…ハードなロックナンバーを歌うライトをテレビで何回も見たし、インタビュー記事もたくさん読んだ。ライトは得意の生意気でロックな態度でインタビューアーを煙に巻き、ニコリともしないでカメラの前でポーズを取っていた。

…ていうか…軽くないか？　この人？

「あ、ライト、彼…」

アマリさんはボクの方を指さして、ライトにボクを紹介してくれた。

一瞬にしてライトの顔がスターの表情に変わり、中指と人差し指をおでこに付けて離す、おなじみのポーズで「やぁ」と低い声で言った…

そういやぁ、これって、アマリさんのポーズとおなじじゃん…。

ボクが「どーも、こんにちは」と精一杯愛想よく挨拶を返す間もなく、ライトはすぐまたアマリさんの方に向き直り、鼻にかかった、甘ったれた声で言った。

「っていうかぁ。どうなんすか？　最近？　いつ帰って来たんすか？　ヒロムさん、元気っすか？」

だだっ子のように矢継ぎ早にアマリさんに質問を浴びせかけ、さすがのアマリさんがなだめる始末だった。

ライトってこんな人？　っていうか、こんな声だっけ？

そのうちに、ライトはお母さんに話すように夢中で自分の近況報告をはじめた。

今年はバンドの15周年ということで、久々に全県のホールを回る50本ツアーをやっていること。

あと20本以上も残っているのに、とっくにライブに飽きて、疲れ果てていること。札幌と京都にひとりずつ彼女がいて、その中のひとりと写真週刊誌に撮られ、奥さんとも、もうひとりの彼女とも気まずくなっていること。年明けにソロアルバムのレコーディングを控えているのに、最近歌詞もネタ切れで、すっかり煮詰まっていること…などなど、ボクが知っている華やかでクールなライトとは大違いの、人間くさくて、親しみを感じる会話が展開した。

アマリさんは顔をくしゃっとしながら相づちを打ち、時々、大笑いをしたり、小言を言ったり、意見したり、それでも、終始嬉しそうにライトの話を聞いていた。

話に夢中の二人を背に、シライさんが言った。

「オレたち、同期なんだ。アマリさんが昔、教えてた学校のね。アマリさんはオレたち二人がまだ18の若造だった頃から知ってるわけ。ま、あの頃はアマリさんもまだまだ若いお姉さんだったわけだけど」

「余計なこと、言わなくていいのよ」

シライさんがそう言ったとたん、ライトと夢中で話していたはずのアマリさんが鋭く突っ込んだ。

二人の会話を邪魔しないように、シライさんは控えめな音量で〝Rubber Soul《ラバーソウル》〟をかけた。大好きな〝Norwegian Wood《ノルウェーの森》〟のイントロを聴きながら、ライトがいるだけで、Lennon のムードがいつもよりも華やかに感じられ、なんだかワクワクした。スターのオーラってこういうことなのかもしれないな。

突然、重たいドアが開く音がして、振り返ると黒いスーツ姿のイカツい男性が二人、会釈をしながら入って来た。

「ライトさん。お話中申し訳ないんですが、そろそろ…」

ライトは一瞬にして引き締まった顔に戻って、二人の方をきっと見ると
「あぁ。もうそんな時間か。わかった。もう出るから。外で待ってて」とクールな低音で言うと、ドアを親指で指さした。

ドアが閉まると、ライトはすぐに表情をゆるめて、いきなり、なよっとした、だだっ子の声になった。

「今日テレビなんすよぉ。ゆっくりいろいろお話したいんすけど。そろそろ移動しなくちゃいけなくて…。っていうか、まだ当分居ますよね？　ね？　帰っちゃイヤですよ。オレ、アマリさんと飲みたいんすからぁ、マジでぇ」

「はいはい。いるいる。ライトは忙しくてそんな時間ないだろうけど、あたしは当分いるから。早く行きなさい。この暑いのにスタッフ外で立たしとくなんて、いい気になってると、なんかあったときに味方してくれる人いなくなるわよ」

「あ、いや。そんなつもりは、ないっすけど。いや。いい気になってるってぇ。オレ、もういい大

人なんすからぁ。アマリさん、勘弁してくださいよぉ」

そう言いながら、ライトは渋々腰を上げると、背中を丸めて、何度もぺこぺこしながら、アマリさんに、じゃ、また来るんで。あ、これ、オレの携帯なんで。と言いながら、メモを渡したりした。

「またな。がんばれよ」とお兄さんのように言うシライさんに、

「あぁ。シライくんも連絡してよね」と、素直に返事をすると、背筋をぴーんと伸ばして、サングラスをかけ直した。いきなり、キリッとした表情で、ボクに向かって指を2本立て「じゃあ」と言ったかと思うと、アクセサリーの音をジャラジャラとさせながら、すーっと店から出て行った。


〈2〉

あっけにとられるボクに、アマリさんが笑いながら言った。

「軽いでしょ？　あいつ」

「あ…はい。あんな人なんですね。ほんとは。テレビとかだとやっぱ、カッコつけちゃうって言うか、演技なんですね。あれ。声とか、全然違ってて、びっくりしました」

ふふん。と小さく笑いながら、アマリさんは空になったグラスをシライさんに見えるように振った。

シライさんが冷えたシェリーをグラスに注ぐのを待って、アマリさんは話し出した。

「人には誰しも役割っていうのがあるじゃない？　例えば、キミは学生であり、息子であり、弟であり、まぁ、友達だったり、雇い人だったり、孫だったり…つまり、いろんな役割を持っているわけよね。で、キミは学校の先生と話すときと、お母さんと話すときの態度は一緒？　同じ声で話してる？」

ボクは昨夜、母から電話がかかってきたときのことを思い出した。海外のamazonからやっと届いた、イギリスの音楽雑誌を夢中で読んでいる最中のこと。いきなり母から電話がかかってきた。

「ごはん食べた？」

母は、時々そうやって、意味もなく電話をかけてくる。用があるなら仕方がないが、ボクはそういう電話に付き合うのはめんどうくさいたちだ。それで、雑誌をながめながら適当に「あぁ」「おぅ」と相づちを打っていたら、突然母が怒りだした。

「あのさ。どんだけ忙しいか知らないけど、親にお金払ってもらって大学行ってんだから、1ヶ月に1回や2回親からかかってきた電話くらい、機嫌良く出なさいよ！」

ボクはこどもの頃から、時々ぶち切れる母のこういうところが嫌いだった。それで、ボクも必要以上に感じ悪く「はぁ？」と言ってしまった。

「はぁ？　じゃないでしょ?!　ひとりで大きくなったような顔して！」

横浜の下町生まれの母はこんなとき、やたら口が悪い。

「うるせぇなぁ」思わずボクが口にした次の瞬間、電話がぷちっといきなり切れた。

めんどうくさい。うざい。ほうっておいて欲しい。

昨夜はそんな気持ちでむしゃくしゃしたけど、考えてみたら最後に母と電話で話したのは1ヶ月以上前。アマリさんに言われて写真を送ってもらったときだったし、その前は5月の連休前で、新しいパソコンが欲しいけどバイト代が足りないと、カンパをねだった時だったことを後から思い出し、ちょっとだけ後悔していたのだった。

「だからさ。お母さんに話しかけるみたいな態度であたしに話しかけることはないでしょ？」

「あ…はい。ないと思います」

あんな態度で話したら殺されます。ボクは心の中で補足した。

「役割が違えば態度が違う。態度が違えば声も違う。当たり前のことなんだよね」

アマリさんは遠くを見つめるように言った。

「ライトは自分の演じたい役割を手に入れたのよ。それは、演技とは違う。なりたい自分を演出している、表現していると言えばいいのかな。自分自身の本質は変えられないけど、人は、こうありたい、っていう自分の姿を徹底的に追求して表現することで、なりたい自分になれるのよ」

「それは、自分を偽るっていうのとは違うんでしょうか？」

「演じるというのと、演技をするというのは微妙だけど、決定的に違うわ。

演技は見せかけのこと。演じるのは役割を務めていくことね。

人間にはいろんな顔があるでしょ？　誰にだって、弱いところも、ずるいところも、いやらしいところもある。それを隠したり、否定したりするのは違うけど、逆になんでもかんでもさらけ出せばいいってものじゃないんじゃない？　時々自分のネガティブな面を何もかも人に話そうとする人に出会うけど、あたしはそれは、甘えだと思う。

だれしも相手に『こうあって欲しい』って期待するキャラクターがある。そんな期待を裏切り続けたら、人間関係はうまくいかなくなるわよね。

あたしは、人は無意識のうちに、その瞬間、その瞬間、こうありたい、こう見て欲しいっていう自分を取り出しているんだと思うの。そうやって、自分を表現したり、演出したりすることをためらっちゃだめなのよ。

どんなにカッコいいロックスターだって、自分のキメ顔やキメポーズを鏡に映して練習したことがないなんて人は絶対にいないはず。カッコつけるのも、気取るのも、自己表現のひとつ。それだって、自分の一部を素直に表現していることとなんら変わりはないのよ」

「でも、どれがホントの自分かって、わからなくなったりしないんですか？」

「もしも人が、『これってオレのホントの姿？　それともこれは仮面？』なんて自問しはじめたら、身動き取れなくなるわ。そもそも「ホントの自分」なんて、確固とした、不動の存在なんかじゃないでしょ？　一瞬一瞬、その時の気分や、天気や、体調や、会っている相手や、ロケーションや…そんな要素によって、ちょっとずつ変化したり、揺れ動いたりする。そのすべてがホントで、それこそが人間ってことなんじゃないの？」

＊

「シライさんも、演じたい役割みたいの、あるんですか？」

アマリさんが帰った後、シライさんとこうして二人で話すことは、もはや習慣になっていた。

「ライトとは方向性違うけど、たぶんあるんじゃないかな。キミにはオレってどう見えるの？」

「すごく冷静でオシャレで知的なアーティストって感じです。

っていうか、モテるだろうなって…」

ははは、絶賛だね…とシライさんは、少し照れたように自分のグラスに目を落として、肩をすくめた。

「それは、アマリさん風に言えば、オレが無意識にそういう自分を演出しているからだろうね。キミに対する役割を演じているのかもしれない。ボクにはもっとリアルな顔だってあるさ。家ではカミさんと大声でケンカするし、こどもとお風呂に入ったりもする。タツやユージなんかと居酒屋で大騒ぎもするし、酔いつぶれてアマリさんちでひっくり返っちゃったことだってある。

じゃあ、海外をひとり旅して、黙々と写真を撮り続けるアーティストとしてのオレや、レコーディングやライブで歌う時のシンガーとしてのオレが嘘っぱちで、カッコつけてるだけかっていうと、そういうことでもない。何年もかけて、こんな場面ではこんな風にありたい、って思う自分を表現する方法を学んだ気がする。

『人は自分の描いたイメージに自分自身を沿わせるように生きるのよ』っていつかアマリさんが言っていた。そのイメージを描くことが難しいんだけど、背伸びしながら、なんども修正を加えながら、時間をかけて描くしかないんだよ。

最初はぎこちなくても、いつか必ずそれがキミというイメージになるから。それにはちょっとだけ、勇気が必要なんだけどね」

＊

翌日、Lennonの扉に手をかけると、中からアマリさんの大きな声が聞こえてきた。誰かと電話で話しているようだ。

「え？　なによもぉ。もぉ。めんどくさいなぁ。わかったってばもぉ」

聞いたこともないような、憎たらしい声でアマリさんは電話の相手に相づちを打っていた。

「だからぁ、ママのために帰って来てる訳じゃないって！　あぁ、も〜っ！　わかったから。行くわよっ。行けばいいんでしょ。はいはい、また連絡するから、あ、キャッチ入っちゃった。はい。はい。切るわよ。じゃあねっ！」

ボクは、アマリさんの気を散らさないように、そーっと店に入って、静かにいつもの席に座った。アマリさんは壁の方を向いて、携帯をいじっていたので、ボクには気づかないようだった。

「はぁ〜〜い。もっしもしぃ」

キャッチに電話がかかってきたのは、ロンドンのダンナさんのようだ。さっきおかあさんと話していた、同じ人間の声とは思えない。甘ったるい、猫なで声だった。

「ん？ 今、そっち何時ぃ？ うん。今シライくんのお店だからさぁ。後でまたこっちからかけるし。ちゃんとごはん食べてね。ごめんねぇ。うん。また後でねぇ」

そう言って電話を切って振り返り、はじめて、ボクに気づいたようだ。アマリさんは思いっきり恥ずかしそうな顔をした。

アマリさんも、「アマリさん」というイメージを表現しながら生きているんだ。じゃあボクは、どんな「自分」というイメージを描けばいいんだろう。

Chapter 9

「ボクって、カツゼツ悪いですか?」

「は? なに? 唐突に?」

気持ちのいい初秋の夕暮れ。

Lennonは珍しく、音楽を下げ目にし、扉を半分くらい開けていた。

「こちらにお世話になるようになってから、ボクなりに、姿勢を気をつけてるし、表情もそれなりに明るくしているつもりです。声もずいぶんいい感じで出てきてるはずなんですけど…どうもボクの言葉ってちゃんと伝わらないみたいなんですよ」

「うーん。例えば?」

「…昨日も近くの蕎麦屋でチャーシュー丼って頼んだのに、冷やしうどんが出てきたんです」

「へ? 何でそんなこと起こるの? チャーシュー丼…冷やしうどん…

ちょっとキミ、チャーシュー丼って10回言ってみて」

ボクは、またはじまった。と思いながらも、素直に「チャーシュー丼、チャーシュー丼、チャーシュー丼…」と繰り替えすうちに、二人は顔を見合わせてぷーっと吹き出した。

「なんなんすか。もう。人にやらしといて」

「はっはっは…ごめん、ごめん。うん。冷やしうどんに聞こえてきたわ。はっはっは…」アマリさんは涙目になっていた。ボクは少なからず傷ついた。

「だから聞いたんじゃないですか！　ボク、カツゼツ悪いんですかってぇ…」

アマリさんは「ごめん、ごめん」と言いながらシェリーを一口飲むと、真顔になろうと努力しているのがわかった。

「この間もアマリさん言ってたじゃないですか？　ボクの両親や生まれ育った環境の話。で、やっぱり、ボクの場合、カツゼツもそうなんですけど、ことばの発音やイントネーションを学ぶという意味で、環境的にハンデがあったと思うんですよ。発音に関しても決定的に混乱しているようなところがあって。

正しい発音やイントネーションを理解できないまま、ここまで来ちゃったんじゃないかなって思えるんです」

アマリさんは顎に手をあてたまま、ボクの話をじっと聞き、そのまま黙り込んだ。やがて、ラップトップを開くと、ぶつぶつとひとりごとを言いながら、何かを調べているようだった。

ボクはシライさんの注いでくれたビールをチビチビと飲みながら、アマリさんが話しはじめるのを待った。秋風と控えめな音量で流れる〝Double《ダブル》 fantasy《ファンタジー》〟が、心地よかった。

しばらくすると、アマリさんは唐突に口を開いた。

「あのさ。正しい発音とかイントネーションってなに?」

「へ? …そ、そりゃあ、標準語ってやつじゃないんですか?」

「ふぅ〜〜ん。標準語って、一体いつからあるか知ってる?」

「あ…いや…」

「うん。あたしも知らなかったから、今調べてみたわ。

せいぜい百年かそこらなのよ。標準語っていう概念ができてから、たったの百年。東京弁が標準語というわけでもないし。第一、東京が都になったのだって、明治時代からでしょ? その昔は粋なことばと言えば京都のことばだったわけで…

まぁ、歴史はあんまり得意じゃないから、この辺のことは後でよく調べてもらった方がいいと思うけど。

何が言いたいかっていうと、正しい発音とかイントネーションなんて、時代によっても地域によっても違うわけで、そこにコンプレックスを持つのは間違っているということなのよ」

「あ…でも、カツゼツの問題はちょっと違うような気がするというか。伝わらないと困るわけで」

「そうそう。大事なのはそこよ。伝えること。自分の発音がおかしいとか、育った環境的にことばのハンデがあるとか、そういうことじゃない。アナウンサーや声優を目差しているのでもない限り、どうしても標準語で話さなくちゃいけないことなんて、本来ないはずでしょ？

だから、大事なのは、「正しい発音」「正しいイントネーション」を学ぼうなんて思うより『なんで伝わらないいんだろう？』って、自分のことばを分析することよ。つまり、ここでもＷＨＹね」

「あ…はい。じゃ、具体的に、ボクの場合、何が問題なんでしょう」

ボクはアマリさんがこれ以上脱線しないように、すがるような目でアマリさんをじっと見た。

「だから、子音をもっとくっきり発音すればいいのよね」

「子音？」

「言葉には母音と子音があるでしょ？　母音といえば『あいうえお』。そして、子音は、日本語の場合、母音とくっついてひとつの音になるのが普通よね。

『かきくけこ』ならkと『あいうえお』のコンビネーション。

『さしすせそ』ならsと『あいうえお』。ここまでいいよね？

キミの場合、このkやsの発音がしっかり出来ていないのよ。

例えば、チャーシュー丼。『たちつてと』の「ち」、つまり、chの発音がハッキリ聞こえなかったのね。

それと、微妙な関西のアクセントかな。

でも、「チャー」がハッキリ聞こえていれば、多少のアクセントの違いくらいじゃ、人は冷やしうどんとは思わないと思うけど。

人によって苦手な子音はみんな違うわ。苦手な子音がたくさんある人もいるし、基本的にはなんにも問題ないのに、ひとつの発音だけがどうしてもうまく行かないという人もいる。

苦手な発音を見つけたら、それを聞き間違えられないようにハッキリ発音するように練習すればいいだけよ。

今までの発音のフォームと変えてみて、より子音が前に出るようにする。吐き捨てるように子音を思い切って発音する練習をすると効果的ね。何事も反復練習だからね。そこだけはきっちり練習しないとだめね」

というと、アマリさんはチラリと時計を見て、荷物をまとめはじめた。

「じゃ、後はシライくん、よろしく」

そういうと、ひらりとボクのそばをすり抜けて、さっさと帰ってしまった。

シライさんはボクに向かって目配せをしながら、あきらめたように肩をすくめて、にやっと笑った。

嵐のようにアマリさんが扉を出て行くと、シライさんは棚の裏へ入って、しばらくガチャガチャと音を立てながら、何かを探しているようだった。そして、途中までかかっていた〝Woman《ウーマン》〟をフェードアウトしたかと思うと、ノイズだらけの音源をかけはじめた。

「はいっ！ ちょっと聞いて」突然、アマリさんの声がした。

紙をめくる音。イスのきしむ音。どうやら、アマリさんのレッスンを録音したもののようだった。

シライさんは棚の後ろから現れると、ボクにウィンクしながら言った。

「これ聞いたって、秘密だよ」

アマリさんの声が心なしか若い。たぶん、シライさんが生徒だったころのものだろう。ということは20年近く前の音源か…

「あのさ。だからさ、キミたちは、不完全恐怖症にかかっているだけじゃない？ 完璧ってなによ？ 完璧な発音って誰がキメたのよ？ 正しい発音なんかない。伝えることが大切なのよ」

アマリ節は20年前から変わっていないようだった。

それでも、若きアマリさんの声には何ともいえない熱がこもっていた。

「じゃ。行くわよ。マジック滑舌トレーニング。しっかりリピート・アフター・ミーよ！」

「はい」

生徒たちが素直に答えると、シーケンサーがリズムを刻み始めた。

それはラップ調の、ちょっとしゃれたリズムで、ボクはどんなスーパートレーニングが始まるのかと、ちょっとドキドキした。

「OK, folks, let's go!（オーケー、みんな行くわよ！）

Kは悪態　けっけっけっ！
Sはストローで　すっすっすっ！
Tは小太鼓　たったった！
Nは粘って　ぬっぬっぬ！
Hはわんこの　はっはっは！
閉じてはじけて　まっまっま
Yは「い」から　いやっいやっいやっ！
Rはベロ先　らっらっら！
Wはほっぺで　わっわっわ！
がっがっ　ざっざっ　だっだっだー♪
ぱっぱっぱっぱ　ぱっぱっぱー、はいっ！」

ボクは自分の耳を疑った。これ、なに？　これがスーパートレーニング？

アマリさんに続いて、シライさんの若い声が響いた。

「Kは悪態　けっけっけーっ！　Sはストローで　すっすっすーっ！　Tは…」

「違う、違う！」アマリさんがおもむろにリズムを止めたようだ。

「もっと、けっ！」

「けっ！」

「もっと感じ悪く、　けっ！」

「けっ！」

「よし、次、すっ！」

「しゅ」

「ちが～うっ！　前歯2本の隙間にストローささってる感じだってばぁ～っ！　すっすっすー！」

「しゅっしゅっしゅー」

「オレも結構カツゼツ悪かったね」シライさんが苦笑しながら言った。

「あ…あのぉ～…これでいいんですか？　こんなんで、練習になるんですか？」

「ははは。ふざけてるよね。でもみんな結構好きだったね。

変でしょ？　歌詞が。だから覚えちゃうんだよ。で、みんな思わず口ずさむ。

アマリさんは、『それが狙いなんじゃない』と言ってた。

『発音をしっかりするには反復練習に限るけど、おもしろくないトレーニングなんか続かないでしょ？

なんだっていいのよ。好きな歌を繰り返し、ハキハキ歌ったっていいし、早口言葉を習慣にしてもいい。どうせ教材作るなら、くだらないくらいの歌の方がインパクト強いから、みんなちゃんと覚えるし、思わず口ずさんじゃうでしょ？』

つまりさ、スーパートレーニングなんてないんだよ。

ただ、おもしろいとか、やりたくなるとか、そういうトレーニングがあるだけだ。

笑えるくらいのトレーニングの方が、リラックスするしね。

こんなのでも、オレには充分効果あったよ」

Chapter 10

「みなさん、今日はお集まりいただき、本当にありがとうございます。僕が3年かけて撮ってきた写真を、こうやってみなさんに見ていただけるのは、とても嬉しいです」

表参道のイベントスペースで、シライさんの作品集『White《ホワイト》 World《ワールド》 Ⅱ《2》』の出版記念展覧会のオープニングパーティーが開かれていた。

オシャレな螺旋状の回廊にシライさんの写真がぐるりとかけられて、業界人らしい人や、キレイな女性たちが次々に訪れては写真をのぞき込んでいた。シライさんはいつものように真っ白なシャツとジーンズで、自然に、にこやかに、訪れた人たちと挨拶を交わしていた。

シライさん、こんなに有名人なんだ…

Lennonはあくまでも趣味だから、目立たないようにやっていると、シライさんが言っていた意味がやっとわかった。一般の人に知られたら、次々と人が出入りするようになって、今とはまったく違った雰囲気のお店になってしまうだろう。

シライさんの作品は、風景の中に生き生きと人々の表情が刻まれている。すべてモノクロなのに、色彩感のある力強い展覧会だった。

やがて、シライさんは中央に用意されたステージに進み出ると、ギターを抱え、静かに歌いはじめた。会場全体がしーんと静まりかえり、その歌声は胸に染みこんでくるように温かく響いた。

それは、とても素晴らしいステージだったのだけど、ボクにはなんだかシライさんがひどく遠い人に感じられて、すっかり淋しくなってしまった。

ちっぽけな自分に嫌気がさしたのかもしれない。

お客さんの拍手に紛れて、ボクはこっそり、会場を出た。エレベーターで1階に降り、ビルのエントランスを出ようとした瞬間、傍らのベンチに、ぽつんと座っているアマリさんをみつけた。

「アマリさん」

アマリさんはボクを見て、いつものように2本指を立てて微笑んだ。

鼻の頭がちょっぴり赤くなっていた。

「上、行かないんですか?」

アマリさんは小さくクビを振って、「さっき入口のところで、歌だけ聴いたから」といって、軽く鼻をかむと、照れ隠しににこっと笑った。

「教え子たちがああやって立派になっていく姿を見ると、複雑な気持ちになるのよね。オトナになったなって思うと嬉しくて涙が出ちゃうし、もうあたしなんか必要ないんだなってちょっと淋しくもある。同時に、ライバルとしてジェラシーも覚えたりして。それで全体として、ホントにあたしはすごいヤツらと関わってこれて幸せだなぁと思うわけ」

アマリさんはそういう気持ちを隠さずに口に出す。なんだかカッコいいな、と思った。

「すごいっすよね。シライさん」

アマリさんは、ティッシュで目元を拭くと、ボクの方を見て言った。

「うん。そうだね。よかったよね。でもさ、それって他人目線で思うことなんだよね。本人はただ、必死に自分の〝今〟を生きているの。正しいと信じる道を、ひたむきに、がむしゃらに生きる。評価は他人が後から、外側からすることなのね」

そして、真っ直ぐにボクを見上げて言った。

「それは、キミだって同じなんだよ」

Lennonに出入りしはじめて4ヶ月。

アマリさんやシライさんと出会えたことで、ボクはそれまで目を背けてきた自分自身と、しっかりと向き合えるようになった。

「声を知ることは自分を知ること」。

アマリさんがいつか語ってくれたように、自分の過去や、現在を客観的に見つめることで、たくさんの気づきも得た。自分を変えられるのは自分自身なのだということも、少しずつではあるけれど、実感することができるようになった。

でも、そうやって、自分を知れば知るほど、自分には一体何があるのだろうという虚無感のようなものに襲われて時々無性に不安になった。

ボクには一体何があるのだろう。アマリさん、シライさん、ライト…才能のあるオトナたちに囲まれるほど、ボクは自分のちっぽけさを確認していくようで、たまらない気持ちになった。

Chapter 11

さっきから、"Happy Xmas《ハッピー クリスマス》"が何回かかっただろう。曲の長いエンディングがやっと終わったかと思うと、アマリさんが「もう1回〜っ！」と叫ぶ。

アマリさんはロンドンの旦那さんと長期クリスマス休暇を過すため、明日成田を発つという。夏から着手していたマジックボイスの再生事業も2月までお休みということで、今日はうざいくらいご機嫌だ。

「そんなに飲んだら、明日起きられませんよ」と苦笑するシライさんに

「どーせ、飛行機の中でたっぷり寝るんだからいいのよ。もう1本空けちゃおうか？　シャンペン？」そう言うと、またもやジョンと一緒に歌いはじめた。

この人がスーパーボーカリストだったなんて、ボクは絶対に信じない。

「うぉ〜い〜〜ず〜おぉ〜〜〜〜ば〜〜〜♪」

さっきから耳にたこができるほど聞かされているこの歌も、ひどく音痴で、英語も完璧に日本語英語だ。ぶっちゃけ、ひどすぎる。シロウトだってもっとうまく歌えるはずだ。

「いぃ〜〜ふゅ〜〜うぉ〜〜んに〜〜♪

ほらぁ、キミも一緒に歌おうよぉ。いい曲だねぇ。いいねぇ、ジョン」

「…歌いませんよ」

「えぇ？　おもしろくないヤツだなぁ。歌おうよぉ。ほらぁ。

歌詞なら教えてあげるからぁ〜」

「ボクは音痴ですから…」

「は？」

「ボクは音痴なんですっ！　小学校の時の音楽の先生にそう言われたんです。

だから、キミは合唱コンクールの時は声出さなくていいから、歌うふりだけしてなさいって。人前では絶対に歌うなって、母親にもこどもの頃から言われてますから。歌いません。絶対に歌いません」

ボクが冗談交じりに、しかし、頑なに言うと、アマリさんの顔が突然、鬼のような形相になった。

「あ〜〜っ！　ごめん！　シライくん、音楽、ちょっと下げてくれる?!」

いつもにも増して迫力のある大きな声で、アマリさんはシライさんに音楽を止めさせた。

どんなまずいこと言って、地雷を踏んじゃったんだろう？

ボクは一瞬、緊張した。

アマリさんはシライさんが差し出したお水を一息に飲むと、語り出した。いや、語ろうとした、といった方がいいかもしれない。酔っ払ってさんざん歌った上に、いきなり頭に血が上ったからだろう、明らかにろれつが回らなくなっていた。

「あろさぁ、ひみって、ほんろにまわりろおろらにめうわえあわったろれ（あのさぁ、キミって、ほんとに回りのオトナに恵まれなかったのね。）

はっひぃいっへほふわ…（以下略・下記推理による訳文）

（ハッキリ言っておくわ。生徒のことを音痴だなんて言うような無能で怠慢なヤツに音楽習ってたキミが本当に気の毒だわ。音痴な人なんていないのよ。この世の中。）」

「え？…あ、でも、アマリさん、説得力ないですけど」

「あい？あ。いみゃのうら？ほれは…

（はい？あ。今日の歌。これはあたしの秘密の趣味。日頃あまりに音程や英語に神経を使って歌ったり話したりしてるから、プライベートな時に飲みながら音痴に歌うの、気持ちいいのよぉ。）」

「そんなツボ、あるんすか…？」

アマリさんはボクのことばはまったく耳に入らないようすで、

「おほを　ほるのあにあてあひほは…

（音を取るのが苦手な人と得意な人はもちろんいるけど…つーか、誰が十二平均律で歌わなきゃいけないって決めたのよ…

いーじゃん、楽しく歌やぁ～zz）…zzzzz」

は？　寝ちゃった？

「あ…アマリさん。アマリさん。」

「ほえ？　ほめんほめん。らから…

（あ…ごめんごめん。だから、キミだってちゃんと歌えるわけで、歌わなきゃ）…zzzzz
zzzzzzz」


結局、アマリさんはシライさんにタクシーを呼んでもらって、ボクとシライさんにキスをし、「Happy《ハッピー》 Christmas《クリスマス》!　また来年ね～」と（おぼしきことばを）言い残して、ご機嫌に帰ってしまった。


「なんすか、あれ…」

シライさんは苦笑しながら言った。

「仕方ないね。久しぶりにダンナさんに会えるから嬉しいんじゃないかなぁ。何年一緒にいても仲がよくて、微笑ましいよ。この半年は結構大変だったみたいだし。まぁ、昔と比べると、ずいぶんお酒も弱くなったからね」

「っていうか…アマリさんってホントに歌手だったんすか?」

「ははは…あの歌聞かされたらその質問もしょうがないけど、昔はアマリさんがマジになったら、歌いはじめた瞬間に会場中が水を打ったように静まりかえったもんだよ」

「いやぁ…説得力なさ過ぎですね。音痴はいないとか言われても…」

「いや。それはホントだと思うな。実はアマリさん、若い頃、ずいぶん音痴とか、音程悪いとか言われたみたいなんだ。それで、自分でいろんな方法を試して、音楽業界でも敵なしと言われるくらい確実な音程で歌えるようになった。

だから、アマリさんは人を音痴と決めつけるようなヤツは絶対に許せないって言うんだよね」

『音痴ってのは人の可能性をすべて否定することばよね。ある意味、蔑語とも言える。

生徒にそんなことを言う音楽教師は、たいがい知識も方法論も持たない無能なヤツ。おまけに勉強したり、試したりという努力をなんにもしない、怠慢なヤツよ。そんなヤツらが多感なこどもたちに生涯にわたる音楽的なトラウマを植え付けてしまう。絶対に許せないわ。』

「なるほど。じゃ、音痴はいないとして…やっぱり音を取るのが苦手な人はいますよね？」

「もちろん。たくさんいるよ。

こどもの頃音を取るのが苦手だった人で、成長と共に得意になった人もいるし、反対に、こどもの頃は得意だったのに、何十年も歌わなかったせいで、全然音が取れなくなっちゃう人もいるんだ。

ここからはアマリさんの受け売りになっちゃうけど、音を取ったり、歌ったりすることが苦手な人は、楽器と声が合う感覚がつかめていないか、合わせたいけど、合わせられないかのどちらか、またはそのコンビネーションなんだよね。

よく、音程を合わせるのが苦手なことを「音を取れない」とか、「耳が悪い」とかって言ったりするんだけど、本当に音が聞き分けられないとしたら、歌の音程どころか、時報やことばのイントネーションだって聞き分けられないはずでしょ？

だからね、音は聞こえるんだけど、声と楽器が合う感覚がつかめていないだけなんだ。

合っていないと言われて、一所懸命合わせようとするんだけど、合っているという感覚がつかめないんだから、合わせようがないよね。

そんなときは自分の歌や声に合わせて楽器を弾いてもらえばいいのさ。自分が楽器にあわせられないなら、楽器にあわせてもらう。そうして、合う感覚がつかめれば、少しずつ慣れていくよ。

プロの歌手になろうって人ならともかく、好きで歌いたいなら、ルールなんかない。楽しめればいいんだ。

「合わせたいけど、合わせられない」原因には、音を合わせるスピードが遅い。または目的の高さの声が出ない。という2つのパターンが考えられる。

まずは1つめの音を合わせるスピードが遅い場合なんだけど、声の高さを変える筋肉は、本来とても柔軟で、素早く反応するものなんだ。

例えば目の焦点。正常な視力を持っている人なら、遠くと近くを交互に見るとき、目の筋肉が素早く反応して焦点を合わせるでしょ？　声の高さを変える筋肉も、同じくらい素早く、的確に動けるようにできている。

だからはじめはゆっくり歌って、それから少しずつテンポの速い曲を歌ったりして、声の高さを調節する筋肉の反射力を徐々につけていけばいいんだ。

童謡くらいシンプルで、ゆったり歌える曲を選ぶといいよね。

2つ目はめざす高さの声が出ないこと。

自分が歌えない高さの曲を無理矢理歌わされることで、音痴のレッテルを貼られている人って、多いんだよね。

高すぎるから出ない、低すぎるから出ないのに、音痴だと言われる。自分もそうだと思い込んでしまう。音をあわせようにも、その高さの声が出ないから、合わないってことに気づけないんだよね。高い声は練習さえ積めば誰でも出せるようになるものだけど、まずは、合う感覚がつかめなかったら練習のしようもない。

まずは苦手意識を取っ払って、自分の歌いやすい高さを探すことからはじめればいいんだ。

昔は楽器弾けないと、そういうことも難しかったけど、今ならカラオケとか行けば、簡単にできるよね？ オレの話、ちょっと難しいかな？」


ボクはシライさんがボクのために、一所懸命に説明してくれる気持ちが嬉しかった。専門用語を使わないように、かみ砕いて話してくれたこともよくわかった。

「正直、ちょっと難しいですし、お話を聞いただけでは、自分がどのパターンなのか、本当に歌えるようになるのか、まだ自信は持てません。でも、自分のことを音痴と決めつけるのだけは、やめようと思います」

「うん。それは大きな進歩じゃない？ もうひとつ言うと、歌が苦手って言う人のほとんどが日常まったく歌を歌っていないんだ。歌が得意な人はたくさん歌うからもっとうまくなる。苦手な人はどんどん苦手になる。結局、アマリさんのよく言う、『やりたいか、やりたくないか』って議論になっちゃうんだけど、歌えたらいいな、って思うんなら、歌わなくちゃだめだよね。

マラソン出たかったら、ジョギングから。ジョギングが無理なら散歩から。それも無理なら足踏みから。そうやって運動能力って上げてかなくちゃいけないはずでしょ？　自分が怠慢なくせに、『この方』のせいにしちゃいけないよね」

シライさんはアマリさんを真似て、自分のノドを指さして『この方』と言い、ニヤリと笑った。

＊

それからボクは、毎晩お風呂で、「きよしこの夜」の練習をはじめた。

なるべくシンプルで、なんにも考えないで歌える歌を選びたかったのと、ひとりきりのクリスマスだからと、腐るのはやめようという、ささやかな抵抗だった。

最初はごくごく小さな声で、止まるくらいゆっくり歌った。それから、高い声を出そうとしたり、低い声で歌ったり、なじみの歌詞を、何度も何度も、気楽に繰り返した。

最初はマトモに声にもならなかったけど、例のお腹のため息を意識して歌ううち、だんだんと気分がよくなった。そして、低い声なら、案外気持ちよく出ることに気がついた。

カラオケに行ったことなんか数えるほどしかなかったけど、そういえばボクは、いつも大好きなロックの曲ばかり歌おうとして、だからなおさら、マトモに歌えなかったのかもしれないな。

ロックの歌手って、ジョンだって、リアムだって、みんな声高いもんな。

毎日歌ううち、湯船に浸かると自動的に「きよしこの夜」が口から出るようになった。

歌うって気持ちいいな。歌って、誰かに聞かせるために歌うだけじゃないんだよな。


大晦日。最終に近い列車で、やっとの思いで実家にたどりつき、湯船でくつろいでいると、母親がドアをノックして顔を出した。

「ちょっとぉ。大晦日だってのに、『きよしこの夜』とか、そんな大きな声で歌うのやめてよぉ。近所の人が何かと思うじゃないの〜」

あ。わかったんだ。きよしこの夜って。

「うるせぇなぁ」といいながらも、ボクは、ちょっぴり嬉しくて、ニヤリと笑った。

リビングからは紅白歌合戦のエンディング、「蛍の光」が聞こえてきた。

2012年が終わろうとしていた。

Chapter 12

キャップを深くかぶってLennonの扉を開けると、アマリさんがいつもの席に座っていて、ボクは一瞬どきっとした。

そうか、戻ってきたんだ…。2月までには東京に戻ると言っていたから、そろそろかなとは思ってたけど、よりによって今日かぁ…

「よ!」とアマリさんは2本の指を顔の前に上げ、「久しぶりだね! 元気?」と、いつものように顔をくしゃっとさせて微笑んだ。

ボクは努めて何食わぬ顔で、思いきり愛想よく「お久しぶりです!」と挨拶を返し、イスに座った。アマリさんが何も気づきませんように…そう祈りながら、ボクは下を向いて、携帯を気にするふりをしていた。

しかし、斜め前方からアマリさんの視線を痛いほど感じる。そのうちに案の定、アマリさんは「あれ?!」と素っ頓狂な声を出した。ボクは知らん顔をして、「は? どうしました?」と言ったけど、次の瞬間、にたっと笑うアマリさんと目が合って、顔が熱くなった。

「そうか。そうか。そういう時期ね。就職活動か。リクルートカット。いいねぇ。似合うじゃない」

アマリさんは意味なく頷きながら、ボクの方につかつかと歩いてくると、

「キャップを取って見せてよぉ」などとからんできて、恐れていた以上にうざかった。

シライさんが奥から出てきて、にっこり笑った。

「よう！ しばらく来なかったね。へぇ。さわやかじゃない。似合うよ」

シライさんにそう言ってもらって、ボクは素直に嬉しかった。

「で？ どうなの？ 就職活動？ 感触は？」

「いや…あの…ちょっと前に、履歴書用の写真撮らなくちゃって、とりあえず髪切ったんですけど…ボク、完全に出遅れちゃったみたいで」

「え？ まだ3年生でしょ？ 出遅れたってどういうこと？」

アマリさんはそう言うと、シライさんと顔を見合わせた。

「実は…ボク、あんまり大学に友達いなくて。唯一、仲いいやつもバンドやってる、フリーター志望のヤツなんで、その辺の情報、全然入ってこなかったんですけど。就職活動って、もっと早く動き出さないといけなかったみたいで…」

「ほんとぉ？ そんなに早くからやるもんなの？」

「オレも就職活動経験ゼロだから、その辺気づかなかったなぁ」

二人とも、寝耳に水というような反応だ。ボクだって驚いているんだから、無理もない。

「あ…でも…学校に行こうかな、とも思ってるんで…」

「は？　大学院に進むの？」

「いえ。あの…ボク…できれば音楽系のライターになりたくて。あ、あくまでも、夢ですけど…。だから、しばらくフリーターしながら、そういう、ライターとかを養成する学校に行こうかな、って思って…」

「ふぅ〜ん。なるほど」とアマリさんはそういうと、顎の下に手をあてて、唇をこすった。

「なんのために学校行くの？」

「それは…プロのコツというか…

で、そういうとこに出入りすれば、当然いろんな人の目にとまる可能性も出てくるわけで…」

ふぅ〜ん。と、アマリさんはまた言って、唇をとがらせた。それから、しばらくの間、黙って何かを考えているようだったので、ボクも下を向いて、携帯をいじっていた。

「でさ」とアマリさんは突然口を開いた。

「ライターになるために、今、キミは何をしてるの？」

「え？　何って？　一応雑誌社に履歴書送ったり…学校の…」

「いやいや、そういうことじゃなくて。今現在、具体的に何かしてる?」

「あ…いえ…雑誌やCDのライナーを読む以外、特には…。ただ、音楽雑誌は、海外のものできるだけたくさん読むようにしていて。英文科に入ったのも、将来、外タレのインタビューとかしたかったからで…」

ふふん。というとアマリさんは、足下に置いてあった大きなバッグから、どさっとボクの大好きなイギリスの音楽雑誌を5~6冊出した。

「まぁ、それは知ってるから、こうやってキミにお土産買ってきてあげたわけなんだけどね」

と言ってニヤリと笑った。


〈1〉

「キミはそれだけ音楽の知識がある。そして、話していてわかるけど、ことばのセンスも悪くない。で、なんでなんにもしてないの?」

「な…なんにもって」

「だってさ。ライターっていうのは、自分が記事を書く人でしょ? この時代、何かを書いて発信しようと思えばいくらでもできるはずじゃない? ライターなんて稼業はミュージシャンと同じで、就職活動したからって、明日から即なれる、なんて種類の職業じゃないと思うけどなぁ。

もちろん、雑誌社に就職すれば、将来的に、コンスタントに書く機会はもらえるかも知れないけど、真っ正面から雑誌社の試験なんか受けて、よしんば受かったとしても、当初何年かは営業とかすることになるわけでしょ？　その辺もちゃんとわかって動いてる？」

ボクは、うすうす気づいていたことをずばっと指摘されて、一言も声が出なかった。

「とはいえ、会社っていうのは、常に有能な人材を探しているものよ。マニアックに、古い音楽のことを知ってて、しかもモノが書ける若者なんかそうそういないだろうから。今まで、ライターになりたいって誰かに言ったことある？」

「あ…いや…今日が初めてです」

「う〜ん…キミの問題はやっぱり、そういうところだなぁ。なにかやりたいことがあったら、やりたいって声に出して言わなくちゃ。声ってすごいのよ。声に出すことで、現実になる。現に今、あたしとシライくんに話したことで、キミはちょっとだけだけど、夢に向かって前進したのよ」

アマリさんはときどき、こういうスピリチュアルっぽいことを言い出す。

そうでしょうか。と、ボクは、思わず懐疑的に答えた。

「うん。少なくとも、今、この店にいる3人は、どうやったらキミが、夢を叶えてライターになれるんだろうって考え始めてる。そういうことを起こせるのが声のすごさよ。もっとハッキリと、周りの人に向かって、ライターになりたいって意思表示をしていくことが大事なんじゃないかな？」

「でも…ライターみたいなカタカナ職業って、みんなあこがれるものですし、なりたいって言ってなれるものじゃないじゃないですか。なんか、バカにされそうで…。お前に何ができるんだって言われても、自信を持って答えられないです。才能がないのに、がんばったって、結局無駄なんじゃないかとか、いつまでも夢ばっかり追いかけてるわけにはいかないよな、とかも思っちゃって…」

「なんで、やってみもしないうちから、できるとか、できないとか、ってジャッジしようとするのか、そっちの方が、あたしにはよっぽど理解できないわ」

アマリさんは厳しい顔で、ずばっと切り込んできた。

「たぶん、キミの世代にありがちな、情報過多ってやつね。情報がありすぎて、実際にやってみる前からバーチャルに失敗や挫折を体験している。それって、結局誰かの体験を疑似的になぞっているだけじゃない？　その方がよっぽどリアリティを感じないわ。まずは、やりたいか、やりたくないか。その次は、それを可能にするために、今、何ができるか。でしょ？」

「おっしゃるとおりです」

「あくまでもポジティブに、こういうことを起こしたい、って声に出す。そして、行動するのよ。ライターになるために、就職活動や学校に通ったりすること以外、何かできることはないのかって考えたことある？」

「いや…コネを見つけるとかですか？　…テスト原稿みたいのを書いて、関係者に見せて歩くとか…」

アマリさんは愛用の万年筆を取り出して、ボクの思いつきを次々とメモしていたが、突然、大きな声で言い出した。

「あ！　ちょっとぉ！　何言っちゃってんのよ！　わかった。わかった。ひらめいたっ！　誰でも気がつく、誰でもできる…だからこそ、盲点だったんだ」

アマリさんが盛り上がる時は、要注意だ。今度はいったい、何を言い出すんだろう…。


〈2〉

というわけで、ボクは自分のブログを立ち上げることになってしまった。

ボクだって、今までやってみようと思ったことが、なかったわけじゃない。でもブログなんて誰でもやってるし、そんなお手軽なツールで自分を発信したところで、いい結果が出せる気はしなかった。

アマリさんは言った。

「誰でもできることだから、クオリティーが違うことをアピールできるんじゃない。

歌もそうだけど、誰でもできる当たり前のことを、誰よりもすごく見せられなきゃ、所詮プロになることなんか無理でしょ？

自分を試す。自分を磨く。という気持ちでやってごらん。な〜う」

今さら「な〜う」じゃねーよ。

ボクは心の中で悪態をついたが、もちろん、素直に「わかりました」と言った。

2週間以内にブログの体裁を整えて、少なくとも10個以上の記事をアップしてからオープンすべし、という宿題まで出されてしまった。

アマリさんのプランはこうだ。

YouTubeに上がっている内外のアマチュア・ロック・バンドを片っ端からチェックして、ブログで紹介する。ただし、ボクが★5つ中3つ以上と思えるバンド限定。ボクが「一聴の価値がある」と判断したバンドだけをブログで取り上げて記事を書くのだ。

大切なのは、そのバンドをボクなりの視点で分析し、ルーツを探ったり、関連性を感じるバンドを紹介したり、使用楽器にまつわるうんちくを傾けたりと、毎回まとまった量の文章を掲載すること。

「ボクみたいなのが書いた記事、読む人いますかね？」

ボクは思わず不安を口にした。ただの大学生が、偉そうにバンドの評論なんかしている記事に誰が興味を持つっていうんだろう？

「記事にしたバンドにもれなく知らせるようにしていけば、少なくとも、そのバンドのメンバーは必ず読むわ。しかも、気に入ったバンドしか取り上げないというコンセプトなんだから、載せてもらったバンドは絶対悪い気はしない。だから、文章がおもしろければ、自分の仲間やファンにキミのブログを紹介するはず。

そこで、いろんなバンドのファン同士が盛り上がってくれたらこっちのもんよ。人間、誉められて嫌な気持ちになるひとはいないでしょ。誉めてくれた人の評価が高ければ、自分たちの評価も上がる。だから、キミのブログをこぞって持ち上げると思うなぁ。Win《ウィン》-win《ウィン》ってやつよね」

そう言って、アマリさんはウィンクした。

ボクは昔のロックの名曲の名前を取って、自分のブログを「Unknown《アンノウン》 Soldiers《ソルジャーズ》」（知られざる戦士たち）と名付けた。それだけだと検索に引っかからないと思ったので、「～Bands《バンズ》 to《トゥ》 know《ノウ》!～」（このバンドを聴け！）という副題をつけてみた。

ブログの体裁を整えるためのテクニカルな部分には、かなり苦労させられた。

アマリさんに、「ゆくゆくは話題になるのを狙っているんだから、絶対に著作権で問題になるような写真や音源を勝手にアップしないこと」と釘を刺されていたので、いろいろな制限もあった。

それでも、シライさんが「気に入ったらトップの写真に使っていいよ」とコンサート前の大きなステージに、たくさんの照明機器や音楽機材がセッティングされて行くようすを撮影したモノクロ写真を何枚かくれて、さらに、アマリさんに内緒でタイトル・ロゴのアドバイスまでしてくれたおかげで、結果的には相当カッコいい、プロっぽいブログになった。

いよいよ、実際に記事を書き始める段階になって、ボクは自分が本当に書くことが好きなのだということに気づいて、ちょっと驚いた。YouTubeを次々とチェックして、世界中のアマチュアバンドの演奏を聴いていると、彼らの音楽的ルーツが直感的にわかる。大好きな楽器の話には事欠かなかったし、ボクなりの連想でさまざまなミュージシャンと関連づけたり、時代背景を切り取ったり…書きたいことはいくらでもあった。

結局、ボクは、それぞれのバンドを紹介するのに、一万字近い文章を書いたと思う。なにより、その作業のすべてが、おもしろくてしかたがなかったのだ。

アマリさんは原稿を読んで、英文も載せるべきだと主張した。ボクのブログは必ず世界中の若者に読まれるようになるというのだ。それで、ボクは、汗をかきながら必死で文章を英訳し、それをアマリさんに添削してもらった。

やがて、ボクのブログに、少しずつレスがつき始めた。

はじめはボクが取り上げたバンドのメンバーからの、挨拶やお礼のコメントがメインだったけど、次第に、ブログ自体に興味を持つ人たちが増えていった。もちろん、中には不愉快なコメントもなかったわけじゃないけれど、自分が書いた文章に周囲が反応してくれることに興奮していたボクは、そんなことはまったく気にならなかった。

アマリさんの勘は当たった。海外のバンドからも次々とコメントが届きはじめ、バンド・ファンたちが、ボクのブログ上でお互いにコメントを交わすシーンも目立つようになった。

半年もすれば、毎日世界中から一万ヒットを超えるアクセスがつく人気ブログになるかもしれないね、とシライさんは言った。

＊

「つまりね。こういうことなんだ」あるとき、シライさんは静かに教えてくれた。

「頭の中に漠然とあることを具現化するには、なんかしらのスイッチが必要だ。多くの人は、そのスイッチを押すのが恐くって、なにも起こせないまま一生を終える。勇気ある人は、自分からバンバンそのスイッチを押していけるんだよね。

ラッキーな人には、そのスイッチを勝手に押してくれる誰かが現れたり偶然スイッチが押されるような特別な出来事が起きたりする。勇気もLuck《ラック》（運）もないなら、それでも、何かを起こしたいなら、声に出して、呼びかけて、そのスイッチを一緒に押してくれる友達を探すんだ。

一度スイッチが入ったら、後は自分の心の赴くままに走るだけだよ」

Chapter 13

いつの間にか風が優しくなり、桜の蕾も少しずつほころび始めていた。

今年は、なかなか気温が上がらず、新学期がはじまった今頃になって、ようやくあちこちから開花宣言が聞こえてきた。天井まで届く高いガラス窓に囲まれた、大学の喫茶室で、ボクはラップトップを前に、ブログ記事のタイトルを考えていた。

校舎をぐるりと巡る桜並木をぼんやりと眺めていると、ユイちゃんが校門をくぐり、こちらの方に歩いてくるのが目に入った。クリーム色のトレンチコートにフレアのミニスカートで今日も最高に可愛い。外は風が強くて、ユイちゃんは必死でスカートを押さえながら歩いている。そんなしぐさがまた可愛い。ユイちゃんの姿だけは、どこにいても目に飛び込んでくる。渋谷のスクランブル交差点をビルの上から眺めていたって、ユイちゃんだけは見間違えないよな。きっと。

一瞬目があった気がして、ボクはどきっとした。次の瞬間、ユイちゃんは、何かを思い直したようにきびすを返すと、６号棟方向に歩いていたはずの進路を変更して、突然こちらの方に向かって歩きはじめた。

え？ …いやいや、まさか…

ユイちゃんは目を伏せながら、どんどんこちらに向かって歩いてきて、やがて喫茶室の扉を開けた。ボクのドキドキは最高潮に高まった。

「おはよう！」ユイちゃんは、頬をちょっとだけ赤らめて、ボクに言った。

ボクに、だ。

「お…おはよう」

なんだか真っ直ぐユイちゃんの顔が見られない。

「ブログ、読んでるよ。『Unknown Soldiers』。カッコいいね。コースケくんたち、みんな、絶賛してたよ」

アマリさんの予言通り、ボクのブログのアクセス数はこの2ヶ月でぐんぐん伸びていた。

先週、コースケたちのバンドを紹介したら、彼らのサイトのアクセス数も一気に10倍に跳ね上がったという。ライブ会場でも、手売りのCDの売れ行きが伸びたり、知らない人に声をかけられたりしたと、コースケから感謝のメールが届いていた。

ボクは、ユイちゃんがボクのブログを読んでくれているということが、めちゃくちゃ嬉しかった。

「あ…ありがとう。嬉しいな。その後、バイトの方はどうなの？ みんな元気？」

「バイト？　あ。ずっと話す機会なくて言えなかったんだけど、実はあたしもバイト、去年の秋にやめちゃった」

「え？　なんで？　ユイちゃん、気に入られてたじゃない？」

「ううん。そんなことないけど。私、飯村さんみたいに、ああいうこと偉そうに言う人、許せないのよね」

「え？　それって、ボクのこと？」

「うん。なんか、パワハラだと思った。ああいうのって、卑怯だと思うわ。あんないい方することないし、第一、あの人自体がお客さんに対してものすごく感じ悪いと思うもん。最初は前の店長がやめちゃって、女の子たちも一度にたくさんやめて、これで私までやめちゃったら、私たちが一所懸命がんばって、いい感じにやってきたお店がダメになっちゃうんじゃないかって思ったら、ちょっとやめられなかったの。でも、あの日で踏ん切りついたから。私も」

甘酸っぱい気持ちで胸が一杯になった。

ユイちゃんがボクのことで怒ってくれた。ボクのことで店長に腹を立てて、バイトをやめてくれた。

「あ…ありがとう」ボクは泣きそうになって、そのまま黙って下を向いた。

〈1〉

「それで？　それで？」

「それで…って。それだけですよ」

「はぁ?!　なにそれ?!」

ボクはアマリさんにそんな話をする気はさらさらなかったのだけど、いつもの席で携帯を眺めていたら、突然、「なんか、いいことあったでしょ？」と鎌をかけられ、しつこく追求されて、結局、すべてを話すハメになってしまったのだった。

「なに言ってんのよぉ。意味わかんないわ。そんなに大好きな子が向こうから話しかけに来てくれたのに、なんでもうちょっと、気の利いたことのひとつも言えないわけ?!」

「いや…でも…別に、向こうはちょっと話があっただけで…授業もあったみたいだし…」

「いやいやいやいや。だからぁ。いい?!　ちょっと考えて！

あのね。ユイちゃんは授業に行こうと思って学校に来たわけよ。そのために時間見て家出てるはずなんだから、そんなに道草喰ってる余裕はないわけよ。それなのにさ、わざわざ校舎に行きかけたの戻って来てさ、喫茶室の方まで歩いて来て、扉開けて、キミの目の前にやってきて、キミのブログの話だの、半年も前にやめたバイト先の話なんかしてくる、その意味なに？」

アマリさんは、ものすごい勢いで、たたみかけるように言った。まるでラップを聴いているみたいだ。

「さぁ…なんでしょう…?」

はぁ〜〜〜…とアマリさんは思いっきり「不幸なため息」をついた。

「いやいや。ほんっとにキミってわかってないね。

彼女いない歴何年だっけ? 21年? 当たり前だわ。こんな男。あー気が利かない」

「ほっといてください」とボクは言って、ちびっとビールを飲んだ。本当は早くその先が聞きたかった。

「ユイちゃん、キミのこと好きなのよ」

「はい?」

我ながら、いつもの何倍も早くリアクションしてしまった。

「いや、好きまで行ってないかもしれないけど、少なくとも気にはなってるんだね」

「いやいやいやいやいや、そういうんじゃないですって」

「キミには女ゴコロわかんないのよ。いや。わかってないわ。ホントに。

つまりね、女の子は、興味のない男に話しかけるために、わざわざ寄り道しないってこと。

興味のない男の、しかもたいして興味のない音楽のブログなんか読まないし、そいつが店長に何を言われようが、「可哀想だったね」って噂こそすれ、いちいち頭来たり、挙げ句の果てに自分まで店やめたりしないわけよ。女ってのはキャッシュな生き物だからさ。リターンの見込めないことはしたくならないものなのよ！」

今日ばかりは、アマリさんの機関銃のような攻撃が心地よかった。

「いやぁ…でも…ユイちゃん、可愛いし…彼氏とか、いるんじゃないすかね…」

「ふぅ〜〜ん。そうねぇ…」

アマリさんはしばらく、腕組みをして考えていたが、いきなり言った。

「デートに誘いな」

「はぁ?! で…デート?」

「そ。ま、ユイちゃんがデートと思ってくれるか、単にお友達とごはんと思うかは置いといて、とりあえず、誘ってごらん」

「いやぁ…無理っすよ…緊張しちゃいますよ」

「ちょいと。ユイちゃんが勇気出してキミに、話しかけに来てくれたのに、キミはごはんに誘うこともできないわけ? 男じゃないな。まったく」

「だって。っていうか…どうやって誘うんすか? きっかけないっすよ」

「お花見とか、いいんじゃない? うん。お花見がいいわ！」

「あぁ、お花見かぁ。いいっすね」それまで、ボクたちの話をおもしろそうに聞いていたシライさんまで言いだした。

「季節もの、大事だよ。期間限定でしか楽しめないから、先延ばしにされない。行楽ムードも高いから、地方に行かずして開放的な気分になれる」

「そ…そんな…論理的に分析されても…っていうか、お花見なんて、どうやって誘ったら…」

「普通に『お花見とか、好き?』って聞くのが一番簡単だと思うけど? あんまり重たく考えないで、友達に『めし食いに行かない?』って誘うみたいに、気楽に誘えばいいんじゃないかなぁ」

アマリさんは我が意を得たりという調子で、ことばをかぶせてきた。

「そーよ、そーよ。お花見に興味なかったら、行かないって言うだろうし。当たって砕けろじゃない? 『中目黒あたりのお花見って、オシャレな屋台とかたくさん出てて、すごく楽しいらしいんだけど、まだボク行ったことないんだ。よかったら一緒に行かない?』なんちゃって、誘ってごらんよ。ユイちゃんと同じ授業とか、あるでしょ?」

「そういうのって、とっさに声がでないというか…」

ボクがそう言って、その場を逃れようとすると、アマリさんはキッとボクをにらんで腕組みをした。

「あのさ。いい機会だから、この際、言っとくわ。キミってさぁ、ちょっとトロいとこあるじゃない?」

「と…とろ…」

「ごめん。ちょっと言い方悪いかな。じゃあ、まあ、鈍いって言うか…」

「おんなじですよ」

「ま、どっちにしてもさ、キミは『話す』の瞬発力と反射力つけてかないと、ダメだね」

「は？『話す』の瞬発力？」

「そう。思考と声をつなげるトレーニングって言えばわかるかな？　ちょっと説明するから、メモ用意して」

いつものようにアマリさんは突然スイッチが入った。こういうときは、黙って言うことを聞くに限る。


〈2〉

「この半年、あたしの話聞いてるから、もうわかってると思うけど、声を出す、話すってことはある種の運動よね。

日頃あまりにも無意識にしているからと、介入するのが、カラダ中では小さい部分だから最早運動と意識していないだけで、歩いたり、走ったりするのと同じくらい、立派な運動。

キミもバスケとか、やってたからわかると思うけど…」

ボクは一瞬、またアマリさんが例の、おかしなフリースローとかやり出さないかと冷やっとしたけど、アマリさんはそのまま、いたって真面目に話を進めた。

「試合中ってさぁ、ボール投げるのに、何秒以上持ってちゃいけないってルールがあるじゃない？だから、その数秒の間に、みんなきちんとフォームを作って最大のパフォーマンスができるように、日々、練習を積むわけよね？

ところが、キミの場合、話すことの、そういう訓練が圧倒的に不足してるの。兄弟がたくさんいて、日々口げんかが絶えなかったり、同じように、たくさんの友達に囲まれて、ぼけたり突っ込んだりを繰り返したり、そういう中で会話の瞬発力や反射力が養われるものなんだけど、キミの経歴の中には、そういう訓練をハードにしていた時期がないじゃない？

そうすると、どういうことが起こるかというと、話をしたいと思った瞬間に、すぐに言葉が口から出ない。言うべきことが思いつかないというのとは、少し別の問題で、つまり、言いたいことはわかっているんだけど、それが声にならないのね。満員電車なんかで、降りたいときに「降ります」って言えなかったり、人の足を踏んでも、「すみません」って言えなかったり。挨拶がちゃんとできないのも、典型的な例よね」

そう言ってアマリさんはボクをチラリと見た。確かに、アマリさんに叱られて意識するまでは、挨拶をちゃんと声に出すことも苦手だった。

「こういうことを言いたいと思っても、瞬間的に声にする習慣がないと、一瞬考えちゃう。待っちゃう。キミが『え…と』みたいに、言いよどむのもそのせいね。軽率になんでも口に出せばいいってものじゃないけど、積極的に声に出していかないと脳のスピードもどんどん鈍っちゃうんじゃない？

挨拶のレベルでそれなんだから、相手に謝ったり、お願いしたり、打ち明けたりみたいな、言いにくいことになると最早お手上げ。どうしようか、声に出そうか、とうだうだしているうちに、結局タイミングを失っちゃう。そういうタイミングをつかんで、えいって声にするのもトレーニングなのよ」

アマリさんの言うとおりだった。ボクは言わなくちゃいけないことを口から出せずに、困ってしまうことが、たびたびあった。

「特にキミ、これからインタビューとかして行きたいんでしょ？　話す瞬発力がなかったら、絶対にいい取材はできないわよ。聞き上手であることは、話が下手ってこととは違うからね。

たとえば相づちひとつとっても、人は話をしているときに、相手に期待するタイミングってのがあるわけよ。

はいっ、って言ったら、ほいっ。ぽんぽんぽん、って言ったら、とんとんとんって反応が返ってくるから、気分も乗ってくる。相手の反応を引き出すためには会話の緩急をしっかり使い分けるようになることも大切なポイントよ。

まして、期待するタイミングで返事が来ないと、話しかけた方はちょっとイラッとして、気持ちがそがれることになるわ」

そこで話が終わってしまいそうで、ボクはじーっとアマリさんをみつめた。アマリさんはそれに気がついて、急いで付け足した。

「ない、ないっ！　言っとくけど、スーパートレーニングなんかないわよ！　じゃ、聞くけど、飛んできた球をタイミングよく打ち返せるようになるために必要なことはなに？」

「…反復練習っすか？」

「その通り！　まさに、その『…っすか』よ。まずは流れるようなフォームを作る。タイミングよく声を出す。日々、反復練習をする。それしかないの。

とはいえ、毎日鏡の前に立って表情作って、ことばの発声練習、なんて気の遠くなるような、地道な練習が続く人、なかなかいないわよね。だから、日々の習慣にしていくのがいいと思う。

まずは声を出す、すぐ出す、って心がける。

お店で感じよく「すみません」って店員さんに声をかけたり、会計の時に「ありがとう」って言ってみたりする。

スーパーなんかで「いらっしゃいませ。こんにちは」と声をかけられたら、「こんにちは」と返事をしてみる。

満員電車から降りるときに、「すみません。降ります」って言ってみる。そういう挨拶からはじめて、じょじょにタイミングをカラダにたたき込んでいくのね。

役者がセリフの練習している様子って、見たことない？　何度も何度も同じセリフを、いろんなスピードや、いろんな声で繰り返して練習する。そのセリフが自分にとって自然に口から出てくるまで、カラダにたたき込んでいくから、実際、稽古場だけじゃなくて、いつでもどこでも、暇があれば無意識に声を出すようになるわ。お父さんのゴルフのスイングの練習みたいなもんね。習慣になるの。

ひとりごとを言うってことを不気味に感じる人がいるみたいだけど、セリフの練習ならいいんじゃない？　ちなみにあたしは、ひとりごとって、声のスーパートレーニングだって提唱してるんだけどね。

誰かと会う前にその人と交わすであろう話題をシミュレーションして練習してみるといいわ。

例えばキミが誰かのインタビューをするとしたら、用意した質問表をすらすらと言えるまで、声に出してみたりね。一度、瞬発力がついて、話のリズムに乗るコツをつかめれば、どんどんスムースになっていくから大丈夫よ。

まぁ、もちろん、キミみたいなキャラのヤツがいきなり、はきはき、パキパキ話し出すのも違うから、せめて、返事が遅れることで相手を不安にさせない、イラッとさせないように心がけること。そして、思ったことをさらっと口に出せるような、度胸と瞬発力を身につけること。これね」

＊

その日は強い風が吹いていた。

満開の桜の木から、パラパラと花びらが散って、川沿いの道を華やかに染めていた。

「花びらが川にいっぱい浮かんで、きれいだね」とユイちゃんが言った。

「本当だね」とボクは答えた。

桜が一斉に満開になった水曜日。

「東京の桜の見頃は今週いっぱいでしょう」という前夜のニュースに、ボクは決意を固めた。

2限に英米文学演習の授業がある。午前中の授業なんかまともに出たこともないボクと違って、ユイちゃんは必ずその授業にでるはずだ。

「ユイちゃんをお花見に誘うこと」などという、アマリさんからの強引な任務を果たさなくちゃと思ったわけじゃない。これを逃したら、一生ユイちゃんを誘うことなんかできないという気がしてならなかったのだ。あれから、メールを何度も書いては消した。ユイちゃんから返信が来なかったらどうしようと思うと、結局恐くて出せなかった。

「ちゃんと顔を見て、声に出して誘うのよ」アマリさんはそう言った。

そんなこと無理に決まっていると思う反面、どこかで、そうしなくちゃいけないのもわかっていた。誘った瞬間の、ユイちゃんの反応を見たら、声を聞いたら、きっといろんなことがわかる。決定的にわかる。この3年間の思いに、なんらかの決着がつけられる気がした。

ボクは、授業のある大きな教室に少し遅れて入り、出口の近くに席を取った。ユイちゃんは前から3番目に座っている。その後ろ姿を見つめながら、声をかけるシーンをひたすらシミュレーションし、用意していたことばを頭の中で何度も繰り返した。

「ボク、目黒川よく通るんだけど、いま、すっごい桜が綺麗でさ。時間あったら、お花見行かない?」

昨夜から何度も練習したことばだ。軽すぎないか? 重すぎないか? 暗くないか? 強引じゃないか? そうやって悩みながら、スムースに言えるようになるまで何度も声に出した。鏡の前でにっこり微笑みながら言ってみたりした。我ながらあほくさくて、ちょっと笑った。

終業のベルが鳴り、ユイちゃんは身支度を調えると、立ち上がって、ふわりと振り向いた。

ボクはその瞬間どきんっとして、その場にかたまった。

ユイちゃんがボクを見つけて、ちょっと驚いたようににっこり笑った。それでボクもぎこちない笑いを浮かべたと思う。ユイちゃんは軽やかにボクの方に歩いてきて、「おはよう。めずらしいね」

と話しかけてくれた。

ボクは、結局、「あの…」と言いよどみ、「いや」と一度言いかけて辞め、「えっと…」と勢いをつけて、2回くらいつかえながら、やっとの思いで、

「時間あったら…お花見行かない？」とだけ言った。

ユイちゃんは一瞬大きく目を開いて、にっこり笑うと、小さく「いいよ」と言った。心なしか、ユイちゃんの頬が桜色に色づいた。


目黒川沿いは平日の昼間というのに人でいっぱいで、中にはすでにビールを片手に酔っ払っている人たちもいた。屋台もたくさん建ち並んでいて、あたりは食べ物の匂いであふれていた。

それでもボクは時折漂う、ユイちゃんの髪の匂いに、何度もとろけそうになった。

ほんの数ヶ月前、人生最悪の気分で歩いていた、この道を、天にも昇るような幸せな気持ちで歩いている。それが不思議でならなかった。

このままずーっと桜並木が続いていればいいな。

そんなことを思いながら、歩いた。広くなったり、細くなったりする川沿いの道を、ユイちゃんと肩を並べて、ゆっくり、ゆっくりと歩き続けた。

Chapter 14

「それで？　あんた、就職の方はどうなってんの？」

すき焼き鍋が片付けられて、お茶とデザートが運ばれてきたところで、母が思い出したように口を開いた。

大阪市内で福祉関係の仕事に就き、日々忙しく働いている母は、ゴールデンウィークといえば、上京し、大学時代の友人たちと温泉に行ったり、滅多に会えない叔母たちと会食したりするのを、毎年楽しみにしていたはずだ。

「年に一度の独身を謳歌する、がテーマだから」と、ボクが東京に出てきてからも、せいぜい一緒にランチをするくらい。時間もお金もめいっぱい自分のために使いたいはずだった。ボクの就職のことが気になって、わざわざ「すき焼き食べに行かない？」なんて言い出したのは見え見えだった。

「べつに…」

「べつにって、なによ。みんなそろそろ決まってるんじゃないの？」

「あぁ…就職するか、わかんないから…」

母に今、自分のやっていることを説明するのは憂鬱だった。理解できるとは思えなかったし、母を納得させられるほど、ボク自身、確固とした何かが見えているわけでもなかった。

それでも、仕方なく、音楽ライターになりたくて、修行のためにブログをはじめたことや、そのアクセス数がどんどんアップして、外国でもちょっとずつ注目を集めていることなどを、なるべくかいつまんで、簡単に話した。Lennonで起きていることは完全に母の理解を超えていると思ったので、上手に省略したつもりだ。

案の定、母は感情的になりはじめた。

「なに言ってんのよ、音楽ライターだなんて。夢みたいなこと言って。誰だって格好いい仕事やりたいわよ。でもそれじゃあ、食べて行かれないでしょう？しかも、まともに就職活動して、雑誌社にでも就職しようっていうんならともかく、ブログだなんて…。そんなことどんだけやったって、1円にもならないでしょう？夢じゃ食べて行かれないのよ。どうするの？生活費？」

それで、ボクは面倒になって、携帯をながめながら、「わかってるよ」「べつに」「いいじゃん」をランダムに繰り返し、母がぶち切れ、押し黙り、しまいにはいきなりひとりで席を立って、帰ってしまうというういつものパターンになった。

＊

Lennonでアマリさんやシライさんと関わるようになって、9ヶ月。今のボクはあの頃のボクとは、少しだけ、でも、確実に違う。うまくいえないけど、それまでもやもやと、曖昧な関係だった自分という存在と思考やカラダ、そして外側の世界とに、ある種のコネクションが生まれ、ひとつに繋がったと感じるのだ。

それは、姿勢がよくなったとか、体力がついたとか、そういうことだけじゃない。ブログにしても、ユイちゃんとのことにしても、自分の頭の中だけで存在していたことを、現実に変えて行く。そんなチカラが少しずつ自分の中に宿りはじめている、確かな手応えがあった。

それは、アマリさんが言ったように、ボクの声がそれを叶えてくれたのかもしれないし、単にそうやって、自分自身にフォーカスすることで、いろんなことに気づけただけかもしれない。はじめは、声で人を変えるなんて胡散臭いと思ったけど、今となっては本当に、声というキーワードによって、ボクとすべてのコネクションができたという気さえする。ただ…

それは、ボクの現在を変えてくれたのだけれど、じゃあ、ボクの未来はどうだ？　ボクの未来は何が変わった？　ボクは特別な人間になったわけじゃない。当たり前のことが、当たり前にできるようになった、ただそれだけだ。

アマリさんやシライさんのように、才能のある人たちにおだてられて、あんな人たちに関わることで、自分には手に負えないことを、できるような気がしているだけじゃないのか？

「あんたさぁ、そういう仕事は才能のある人にしかできないの。そうやってブログやってることで満足できるんだから、ちゃんと就職して、ブログはブログでやっていくっていうんでいいじゃないの」

胸の奥にずーっとあった不安の種を、母にえぐられるような気がした。

才能があるとか、ないとかって、じゃあ、誰にわかるんだよ？

やってみもしないで、どうしてわかるんだよ？

才能があって成功する人は、みんな「俺って才能ある」って、生まれたときから知っているのか？

キミは才能あるからライターになった方がいい、キミはがんばっても無駄だから、早く何でもいいからお給料もらえる仕事を探した方がいい。そんなジャッジは、一体全体、いつ、誰が、何を根拠にくだすんだ。

これだけがんばってもダメなんだから、明日からちゃんと働こうって？

じゃあ、「これだけ」っていう限界をどうやったら悟れるんだ。後3センチ先に、チャンスがあるかもしれないのに、ここが限界だ、って勘違いしてあきらめちゃった人っているんじゃないのか？

もういいよ。もう無理なんだよ。がんばらなくていいよ。一体、誰がそう言ってくれるんだ？　そう言ってもらったら、さっぱりあきらめがついて、楽になるのか？　あきらめた方がいいだなんて、そんな囁きだって、本当は辛いことから逃れたい自分の頭が作り出している、ていのいい言い訳なんじゃないのか？　誰にわかるんだ？　誰がわかるんだ？

ボクは自分がスーツを着て、オフィスのＰＣの前に座っている姿を想像してみた。それはライターになった自分の姿を想像するのと同じくらい、現実離れした光景に思えた。ただ、オフィスのイスに座っている自分の姿はとてつもなく憂鬱で、灰色の世界の住人のように感じられることだけが違っていた。


「やりたいのか、やりたくないのか、結局それだけよ」

アマリさんは、いつか、そう言った。

「やりたいか、やりたくないか。その次は、それを可能にするために、今、何ができるか。やってみなくちゃわからないのはどんなことだって一緒じゃない？　この会社に入れば生涯安泰なんて幻想は、とっくの昔に崩壊したわ。うまくいくか、いかないか、幸せになれるか、なれないか。そんな可能性は結局、どんなときも、何をしても、50％×50％（フィフティーフィフティー）だと思うわけよ。
どっちにしても50％しか確率がないなら、なんで、やりたくないことをやらなきゃいけないの？　人間はやりたいことしか一所懸命できない。決められたレールの上を歩くことが安全だなんて、思うことこそ幻想だわ」

「行き止まりまで、徹底的に燃え尽きるまで、とにかくやり続けるしかないんじゃないの？　もういいや。ここまでだ。って自分で本当に心の底から納得できるまで、やり続ける。もう無理だって、あきらめられる時が限界なのよ。限界にぶつかること自体はネガティブなことじゃない。それは挫折じゃなくって、学習だからさ。限界までやり通したことで、学び取って、新しい何か、どこかに向かって、次に向かって、進みたいと思ったということだからね。
でも中途半端なところ、自分の意志と関係のないところで撤退しちゃったら、一生くすぶって、あの時もうちょっとやれたんじゃないかって、もやもやもやもや、不完全燃焼の人生を歩むことにならない？」

「なにも起こらないんじゃない。自分が起こさないんでしょ？　チャンスが向こうからやってきてキミに握手を求めてくれるなんて、そんなスウィートな夢は最早ディズニーランドでも見られない。本気でやりたければ、やる。やりたい、やらせてくださいと声に出す。それで何が起こせるのか、本当は誰にもわからないけど。ひとつだけわかっていることは、ただ夢を描いているだけでは、それは叶わないということ。行動し続ける。そしてそこに情熱があれば、必ず何かを引き寄せるわ」

アマリさんの熱いことばを信じて、無我夢中でがんばろうと思う日だってたくさんある。実際に変えられたことだってもちろんある。

だけど、時々、無性に不安になるんだ。もしも、アマリさんの言うことが自己啓発的な理想論に過ぎなかったら？　もしも、このまま、なにも起きないまま、5年10年といたずらに時だけが過ぎて行ったら？　ボクはどこで、線引きをして、どこであきらめて、どこで妥協するのだろう？　そして、「そのときまでボクが経験すること」の、どこまでが学習で、どこからが後悔に変わるのだろう？

このまま、どんどん同級生たちに遅れをとって、いつか負け犬みたいに、なんであの時、一所懸命就職活動しなかったんだろう、なんで、あの時アマリさんやシライさんみたいな一部の才能ある人たちの言うことなんか聞いて、なれもしないライターの夢なんか追いかけちゃったんだろうって思う日が来るんじゃないか。このまま、何も起きなかったら。何も起こせなかったら…。

大きな重りを引きずりながら歩いている気がした。ただ、ただ、苦しかった。

＊

Lennon の前に黒いスーツの男が二人、イカツいサングラスをかけて立っている。

「ライトが来てるんだ」ボクは瞬間的に察知した。

ここから先は誰も通さない、というような殺気を放って扉の前に立ちはだかる二人を前に、以前のボクなら腰が引けて、そのまま帰ってしまったところだろう。Lennon という店がくれた、さまざまな出会いや経験のおかげで、今は、興味あることにはとりあえず飛び込もうという度胸のようなものがついていた。

ボクは大きく深呼吸をして歩み寄ると、黒いスーツの二人に、「こんにちは」と挨拶した。ひとりが、さっと身構えて、ボクの前に立ちはだかり、もうひとりが「失礼ですが…」とボクを見下ろす。

「こちらで、アマリさんとシライさんにお世話になっています」と言って名乗ると、男たちは「失礼しました」と、ささっと姿勢を正して、脇に寄り、ボクのためにドアを開けてくれた。ここまでくると、マンガみたいで、ちょっと笑える。

店に入ると、ライトとアマリさんはカウンターの一番奥に隣り合って座り、アマリさんのラップトップを二人でのぞき込みながら、なにやら話し込んでいた。アマリさんはボクに気づくと、顔の前で指を2本立て、「よっ」と言った。

「噂をすれば来たわよ」

その言葉に、ライトも振り返り、アマリさんと同じように2本指を立てると「タイミングいいね」と、アーティスト・モードのクールな声で言った。

噂？　ライトとアマリさんがボクの噂？

ボクは一瞬、どんな反応をしていいのか途方にくれながらも、とりあえず、「こんにちは」と努めて明るく挨拶をした。

シライさんがボクのグラスにビールを注ぐのを待って、アマリさんはニコニコしながら言った。

「がんばっててよかったねぇ」

「え？　なにがですか？」

すると今度はライトがニヤリとしながら口を開いた。

「キミのブログがね。おもしろいよねって話してたんだ」

ブログ？　ライトが、HAYATEのライトが、ボクのブログを読んでくれたんだ。

「あ…ありがとうございます。嬉しいです」

「うん。センスあるなって思ってね。本気で音楽好きなのが伝わって来るんだ。媚びてない。ウソがない」

「あ…は、はい」

ライトはビロードのような低音で、歌うようにそう言った。ボクはすっかり舞い上がり、耳が熱くなるのを感じた。

「俺、こういうゲリラ戦みたいの、好きなんだ。メジャーとか、利益とかそういうの度外視して、とにかく自分を発信するってやり方。ロックだよね。徹底的なこだわりと根底に流れる美意識が、俺の音楽に対する姿勢と似ている気がするんだ」

アマリさんはボクの方をみて、ウィンクした。シライさんも静かに微笑んでいる。

なんにも起こせなかったボクが、今、日本を代表するロックスターに…これって、なんて言うの？

…ほめられているんだよね？

目の奥がじーんとしてきた。オタクでよかった、音楽好きでよかったと、心から思った。

ライトはまた、にやっと笑って、アマリさんと目配せすると、ボクの方を向いて言った。

「でさ。よかったらなんだけど、オレのインタビューとか、載せてみる？」

Chapter 15

5月の終わりの、よく晴れた月曜日。

HAYATEがアマチュア時代によく練習に使っていたという貸しスタジオの一室で、ライト、西村雷人にインタビューをした。

インタビューはいつものブログ記事の他に、せっかくだからというアマリさんの半ば強引な提案によって、Ustreamで期間限定配信をすることになった。

正直、ボクは自分の声がネット上に流れるということにはひどく抵抗があったけど、やってみたい、どこまでやれるか見極めたい、という思いの方が強かった。

ボクはライトへの質問表を何度も書き直しては消し、消してはまた書き直し、声に出して、繰り返し練習しては、練習するほどに緊張した。

カメラクルーはシライさんが買って出てくれた。

「映像は専門外だけど、かえってアマチュアくさくなっていいかもね」などと冗談めかしていいながらも、アシスタントさんとともに、立派なビデオカメラや照明器具まで持ち込んでくれた。

学生が使う、ごく普通の練習スタジオ。

そんなスタジオに、HAYATEのライトがいるなんて、想像するヤツはどこにもいない。仮に廊下ですれ違ったって、他人のそら似と思うだろう。

シンプルな服装で、自然にすーっとスタジオに入ったライトに気づいた人はいなかった。

いつもは黒服のイカツい二人も、その日ばかりは私服で来るように言い渡されたらしい。入口付近の喫茶コーナーで、自然を装ってコーヒーを飲んでいたけれど、ボクたちが使うスタジオのドアを油断なく見守るようすは不自然で、かえって人目をひいた。

インタビューは、アマリさんがニコニコと見守る中、和やかに進行した。

ライトは、テレビで見る姿そのままの、クールでカッコいいようすで、ボクと向かい合い、よどみなく質問に答えてくれた。ただ、時折、アマリさんとちらりと目を合わせては、無邪気に、そして、ちょっと照れくさそうに微笑むところだけが違っていた。

アマチュア時代の思い出のスタジオ。アマリさん、シライさんというライトにとって特別な二人。

そんなシチュエーションだからこそ、学生時代のライトがどんな未来を夢みて、どんなことに悩んでいたのか。周囲のアマチュアバンドをどう思っていて、そこから頭ひとつ抜き出るために、何をしてきたのか。そんなストレートで時には稚拙な質問に、ライトはメディアでは見たこともないくらい真摯に丁寧に答えてくれた。

できあがった映像の中のボクは、燦然とオーラを放つライトの隣で、いかにもアマチュアくさく、貧相に見えた。ずいぶんがんばって話したつもりだけど、声もカツゼツもまだまだ、心地いいというレベルにはほど遠かった。

それでも、アマリさんとシライさんに口をそろえて、

「今日はいい声出てたね」「ハキハキしゃべれてたね」

などと言ってもらい、

「キミ、いい視点持っているね」などとライトにまで持ち上げてもらって、心底ほっとした。

なんとかやり遂げた自分が嬉しかった。

＊

ライトのインタビューを載せたブログはUstream配信当日だけで一万人以上のアクセスがあった。

HAYATEファンはもちろん、これまで「Unknown Soldiers」を愛読してくれていた人たちからも信じられないほどたくさんの反応やコメントをもらった。

とてもすべてのコメントにレスをつけることはできなかったけど、それでもボクはひとつひとつのコメントを、ゆっくりと、楽しんで読ませてもらった。

これは、ボクが起こしたことじゃない。

アマリさんやシライさんのおかげなんだ。

そう思うと、すべてが現実から遠く、不思議なほど冷静で客観的な自分がそこにいた。


そういえば、インタビューの中で、ライトも言っていた。

「成功したとき、どんな気分でしたかって聞かれることがあるんだけど、意外なほど冷静で、自分でもびっくりしたね。もちろん、最初に数字を見せられたときは、正直、有頂天になったけどね。でも、どんだけ数字の上で売れたって、回りに騒がれたって、オレという日常はなにひとつ変わっていない。恐ろしいほど、自分は自分のまんまなんだ。

HAYATEというバンドと、そのボーカルという自分のイメージだけがどんどんビッグになって、ひとり歩きしていく。

オレにとっては、関わる人間が増えて、日々の仕事の種類が変わって、通帳の残高が増えて、それだけなんだ。その繰り返しと積み重ねだけ。

何年かして、すべてを俯瞰したときに、ああ、すごいとこまで来たなって、自分で自分を評価できれば、それでいいんじゃない？」

＊

ライトのインタビューを載せた3日後、ブログのメッセージ欄に、「ミュージック・センチュリー」という人気雑誌を出している、音楽出版社からメッセージが届いた。

「貴殿のブログ、『Unknown Soldiers』を興味深く拝見させていただきました。
大変力強い文章と、豊富な知識に弊社スタッフ共々、感動いたしました。ぜひ一度、ゆっくりお話を伺いたいと思います。ご連絡をいただけませんでしょうか。
ミュージック・センチュリー・コーポレーション編集長　新原真司」

ボクはそのメールを何度も読み返し、興奮と感動で震えながら、静かに泣いた。

Chapter 16

どんよりと重たい空が窓の向こうに広がっている。

これからしばらくは、毎日こんな憂鬱な天気なんだろうな…

そんなことを思いながら、学食でカレーライスを食べていると、携帯のバイブがメールの着信を知らせてきた。

『いま、どこにいる?』コースケからだ。

『学食だけど?』

『部室に来られる?』

『OK』

ボクはそう返信すると、カレーライスの最後の一口をささっとほおばって、コースケたちの部室に向かった。

コースケの所属する軽音楽部の部室は、体育館の裏手のサークル棟と呼ばれる建物の一角にある。軽音楽部が盛り上がると大学の志願者が増えるという噂が本当かどうかは定かではないが、軽音は予算の面で大学にかなり優遇されていることは明らかだった。いわゆる部室の他に、リハーサル用の簡易スタジオが3つと、楽器倉庫まである。至れり尽くせりだ。

「おうっ」

ボクが部室に入ると、コースケがいつものように気さくに声をかけてきた。

いつもなら、練習を終えたバンドのメンバーたちがコーヒーを飲んだり、反省会をしたりと、狭いながらも賑やかな部室なのだが、今日はどうも雰囲気が違っていた。

部室の真ん中に置かれた大きな机を取り囲むように、部長のコースケはじめ、プランニング・チーム代表の橋本くん、音響セクションのチーフの中村くんなど軽音のリーダー格の人間が顔を連ねている。

みんな難しい顔で押し黙って、部屋には重苦しい空気が充満していた。

軽音には、独自のプランニング・チームがある。バンドのプロデュースやライブハウスのブッキング、音響、照明などの各セクションから成り、音楽事務所顔負けの働きで軽音を盛り上げている。

聖南の中でも飛び抜けて「できるヤツ」の集団だ。

一体何だって、こんな集まりにボクなんかが呼ばれたんだろう…

コースケはいきなり切り出した。「実はさ、他でもない、今度の夏フェスの話なんだけど…」

聖南の軽音楽部は毎年夏になると、渋谷の「Duplex《デュプレックス》」という1200人ほど収容できるライブハウスを借り切って、夏フェスというイベントをやることになっている。

実際、11月の学祭よりも、軽音が力を入れているイベントで、レコード会社やプロダクションなどにも招待状が送られる。時には観客の聖南生を目当てにモデル事務所のスカウトなども紛れ込むという噂で、芸能界に興味のある女の子たちにも注目の的の、華やかなイベントだ。

もちろん、部員なら誰でも出られるというわけではなく、出演バンドは選考会の投票によって決められるというから、シビアきわまりない。

そんなイベントの話とボクがなんの関係があるっての?

「毎年、夏フェスの司会はミス・聖南とプランニング・セクションの代表者が絡みながらやることになってたんだけどさ、今年は趣向を変えて行きたいと思ってるんだ。

実は、おまえが書いてくれたブログ記事のおかげで、招待状を出す前から複数のレコード会社やプロダクションからイベントについての問い合わせがあった。4年の俺たちだけでなく、今年の夏フェスは、軽音全体にとっても、大きなチャンスになりそうだ。

そんな大事なステージだから、例年のような、ミス聖南と司会の絡み、みたいな和気藹々としたムードで進行させるのは、ちょっと抵抗がある。

ある意味、オーディションや就職試験なんかより、ずっとハッキリとした形で自分たちをプレゼンテーションできる場だからね。

だから、より音楽的かつ内容のあるインタビューで、出演者の魅力やバックボーンを引き出してくれる人物を司会の代わりにコメンテーターとして立てたいと思うんだ。

そして、俺たちの知る限り、そんなことをできそうなヤツはお前しかいない。引き受けてもらえないかな？」

ボクは頭の中が真っ白になった。

何をいってるんだ、コースケ？　ボクがコメンテーター？

パニクったボクが口を開くより早く、橋本くんが割って入った。

「いや、まだ軽音全体の総意というわけではない。あくまでも、コースケの意見だと思って欲しいな」

プランニング・チームのリーダー、経営学部主席の橋本くんは苦々しい顔でそう言った。

順当に行けば、今年、ミス聖南と組んで司会進行をするのは橋本くんのはずだ…確かに、おもしろい話じゃないよな。

「だからさ、夏フェスは、もう、公のイベントになりつつあるわけじゃん？　いつまでも、稚拙な学生のお遊びみたいなレベルの事じゃ通用しないよ。

台本に書かれたおきまりの会話で、シロウトが小芝居うつ、みたいのって、今さら寒いぜ。

音楽イベントには音楽イベントの流儀がある。慣例に従うのも悪くないだろうけど、試行錯誤しながら、1年1年、ちょっとずつでもイベントの格を上げてかなくちゃ、どっかで失速するんじゃないか？

とにかく俺は、余計な演出なんかやめて、演奏や出演者に焦点が当たるような、ストレートな構成で勝負したいんだ」

「余計な演出っていうのは、聞き捨てならないな。毎年それなりの成果を上げている演出だ。司会とミスの絡みを楽しみに来るお客さんもいるくらいなんだから。

率直にいえば、彼のような、こう言うと失礼かもしれないけど、地味なタイプがひとりステージに立って、お客さんを飽きさせないように、ステージ転換の間をつなげるのか、大いに疑問だね」

熱いコースケの語り口調とは対照的に、橋本くんは嫌みなくらいに冷静沈着だ。

それでも、ことばの端々に、いらだちが感じられた。

それにしても「地味なタイプ」って、ひどいよな…

ボクが一瞬嫌な顔をしたのを、敏感なコースケは見逃さなかった。

すぐさま、テンションを上げて、橋本くんに応戦した。

「お客を楽しませることと、お客に媚びることとって、違くないか? ライトのインタビューだって、こいつの切り口が秀逸だから、あんなに新鮮な印象になってるんだ。ブログにしたって、こいつの音楽に対するこだわりのおかげで話題になってるんだろ?

なんでも安全な方に逃げようとするのは、サラリーマンになってからでもいいんじゃないのか?」

フリーター志望で、「音楽と心中する」と腹をくくっているコースケは、就職組にいささか皮肉っぽくなりすぎる傾向がある。

橋本くんの眉毛がぴくりと動いた。

「売れない商品の作り手というのは、マーケットを意識できないものだからね。作り手のこだわりが強くなるほどに、消費者のニーズとかけ離れていくという図式は、どんな市場にも共通に起こりうる悲劇だね」

コースケが目を見開いて、腰を浮かせた。

「それ、どういう意味だよ? もうちょっと、アホにもわかるように説明してみろよ。だいたいお前は…」

「ちょ…ちょっと待ってよ」

ボクの意志などおかまいなしに、勝手に議論し合う二人の間に挟まれて、ボクは思わず声を出した。Lennonでの自主トレのおかげか、その声は思いの外よく響いて、コースケや橋本くんだけでなく、二人を黙って見守っていた全員が一斉にボクを見た。

「コースケ、お前の気持ちはよくわかるし、できることなら協力したいけど、ボクは基本的に人前で話すのは得意じゃないんだ。

ライトのインタビューだって、それなりに準備して、条件が整ったからうまくいっただけで…。

夏フェスのコメンテーターなんて、荷が重すぎるよ」

「お前、そういうの、やってみたいって言ってなかった？　アラン・バカランみたいなの、カッコいいって言ってたじゃん？」

「いや…それは、夢というか…そういうのとは…」

コースケは小さくため息をついて、ボクに向き直った。

「とにかく、俺は適任はお前しかいないと思ってるし、おまえにはちゃんとできるはずだと思う。べつにうまく話して欲しいわけじゃなくて、リアルに音楽の好きなヤツが、リアルなことばで語る事に意味があるんだ」

それから、再び橋本くんの横やりがあり、ボクのひ弱な抵抗があり、マネージャーの「投票しませんか？」があって、ボクの意志とはなんの関係もなく、ボクの運命を決める投票が行われた。

結局、プロデュース・チームのリーダーたちは橋本くん側についたものの、ボクが記事を書いたバンドのバンマスたちや、コースケを慕う、各学年の代表がみな、コースケ側につき、気がついたらボクは、渋谷のど真ん中の1200人も入るライブハウスで、やったこともないコメンテーターを務めるという恐ろしいことになってしまった。

＊

「へぇ。修行だね〜、人生」

「ほぉ〜」「へぇ〜」と、何度も頷きながら、楽しそうに相づちを打っていたアマリさんは、ボクが話し終えるとそう言った。

「修行とかって、他人事みたいに言わないで下さいよ。ボク自身、何がどうなってるのか、よくわからないんですから」

「神様はその人が耐えられる試練しか与えないらしいよ。次々と大きな試練が訪れるってことは、それだけキミのポテンシャルが上がっているって言うこと。

出版社の話にしたってそうじゃない？　目の前の試練をひとつひとつ乗り越えてきたから、いい話も来たわけで。何がきっかけで人生が展開していくのか、結局、起きてみないとわからないからね」

「いや。出版社のことに関してはすべてアマリさんとシライさんのおかげです。ライトさんのインタビューだなんて、普通じゃあり得ない特別なチャンスをもらえたからできたことです。ボク一人じゃ、百年かかったってあんなチャンスには巡り会えなかったと思います」

アマリさんは口の片側だけを持ち上げて、不思議な笑みを浮かべた。

「チャンスって言うのはさ、人間の数だけあると、あたしは思っているわけ。見つけられない人もいる、目の前にあっても気づけない人もいる。

気づいてもつかみ取れない人がいて、恐くなって逃げ出す人がいる。すべてのタイミングで自分の本気度が試されていると思った方がいいよね」

「でも、今回の話は試練と言うよりは拷問に近い気がします。

そもそも、なんでボクは、あの時、もっとキッパリ、嫌だとか、できないとか言わないで、黙って投票の結果なんか聞いてたんだろうと思うと、自分に腹が立ちます」

アマリさんは背もたれに寄りかかると、手を頭の後ろで組んで、ボクをじっと見た。

「で？ ホンネはどっちなの？」

「は？」

「だからさ。やりたくないの？ それとも、できないと思うから、やらない方がいい気がするの？」

「やりたいとか、やりたくないとか言う以前に、無理だと思うんですよ。

みんなに迷惑かけることになるなら、やらない方がいいじゃないですか」

「いやいや。順序が逆よ。その考え方」

アマリさんはカラダを起こすと、腕をほどいて、身を乗り出した。

そして、力強い声で、ボクを真正面から見つめると言った。

「できるとか、できないとかは、やりたいか、やりたくないか、っていう議論の後にくるのよ。やりたいから、やる。だから、できるようになる。やりたくないこと、一所懸命やったって、たいして上達しないわ。

改めて聞くわ。もしも、すべてが可能だったとして、どんなことでも、やりたいと思ったことができるようになるとして、そのコメンテーターってやつ、やってみたいの、やりたくないの？　どっちなの？」

ボクは一瞬自分のツメに目を落とした。

真っ直ぐアマリさんを見つめていると、そのパワーで間違った答えを出してしまいそうな怖さがあった。

人前で話すことはずっと苦手だった。でも、なんで苦手を意識するのかといえば、それは、人前で話せたらいいのに、という願望が根底にあるからだ。

そうなのだ。

コースケの言ったとおり、ボクはアラン・バカランにあこがれていた。

いつか彼のように、ライターとしてだけでなく、人前に立ったり、ラジオに出たりして、一般には知られていない音楽を世間に紹介してみたい…そんな風に思ったこともある。

だけど、ライターになれるかどうかさえわからないというのに、そんなこと…


アマリさんは顎に手をあてて天井を見上げ、黙ってボクの答えを待っていた。

シライさんは、静かにアイスピックで氷を作っていた。

「あ…あの。興味はあります。やってもみたいです。

でも、それが本当にやりたいのかどうかは、1度やってみないと、正直、わかりません」

アマリさんはにんまりと笑って、シライさんと顔を見合わせ、そして、ボクを見た。

「いいね。完璧な答えだわ」

Chapter 17

アマリさんの特訓がはじまった。

Lennonにはごく限られたお客さんしか出入りしないとは言っても、さすがに店の営業時間中にやるのは申し訳ないということで、ボクがお店を借りている午後の時間帯に、アマリさんはスケジュールの合間を見ては、顔を出してくれた。

初日にアマリさんは、本番で使うのと同じようなマイクと、ビデオカメラ、三脚、そして、等身大の鏡を持ち込んだ。シライさんは快く、それらを夏フェスが終わるまで、お店に置かせてくれた。


〈1〉


「観客はさぁ、その人がステージに立った瞬間にどんなレベルのパフォーマンスをしてくれるのか、本能的に感じるのよね。

売れてる歌手はみんな、入って来た瞬間にカッコいいわ。

大事なのはつかみ。『あ、こいつ、かっこいい』って思わせたら、最初の勝負はいただきよ。自分を認めさせようと、余計なエネルギーを消耗しなくて済むの。何事もつかみ。お笑いと一緒よ」

アマリさんはそう言って、ボクを鏡の前に立たせ、マイク片手の立ち姿を、まるで人形にポーズをつけさせるように、根気よく教えてくれた。

次はビデオを使って、ステージに入ってくるときの練習だ。

トイレから店の中央までの狭い距離を、ボクは何度も何度も往復し、そのたびにアマリさんにぼろくそにダメだしされた。撮影したビデオを家に持ち帰って、さらに練習するように申し渡された。ようやく、立ち姿がOKをもらえたら、ボクが用意した各バンドへの質問表を読む練習だ。とりわけ、表情と声に厳しくダメ出しされた。

「前歯が見えない。もう1回っ!!」

「テンション低すぎ、もう1回っ！」

「あ〜〜〜っ！　バカっぽいっ！　もう1回っ！」

長年、一線で活躍するシンガーや話しのプロを相手にボイストレーニングをしてきたというアマリさんだけあって、ステージ上でのパフォーマンスは格別に厳しかった。

「特別な事をやれって言ってるわけじゃないのよ。

ただ、なんにでもフォームがある。美しいフォームを取れるようになって、はじめて自分自身が解放されるのよ」

「空間に向かってしゃべっちゃだめよ。だれも、壁に向かってしゃべったりしないでしょ？　人に向かってしゃべるのよ。それも、誰か一人よ。1000人の人間を相手にしてしゃべろうなんて思うから緊張しちゃうのよ」

「リラックスしよう、リラックスしようなんて、思うこと自体が緊張している証拠よ。緊張してやろう、って思えばいいのよ。興奮してきた～って思えばいいのよ。所詮、リラックスし過ぎたら、うまく行かないわよ」


そうやって、アマリさんの前で何度もインタビューでする質問を読み上げ、小芝居を強要され、さらにそれをシライさんと3人でビデオチェックするという、以前のボクなら蕁麻疹が出るほど恐ろしい事を、何度も何度も繰り返すうちに、ボクはだんだんと、その状況に慣れていった。

それでも、当日の事を考えるとお腹がきゅっと痛くなったけれど、なんだか乗り切れそうな気がした…。

〈2〉


前日の練習には、シライさんまで付き合ってくれた。

ライトの撮影の時に使った照明器具を持ち込んで、ボクを本番のスポットライトに慣れされてくれようというのだ。

「ったくぅ。いったい全体、どんだけ贅沢なレッスンよ。あたしたち、ギャラ高いわよ〜」

そんな、どこまで冗談かわからないコメントにも、今日はぺこぺこと頭を下げるしかなかった。

入場シーン、挨拶、自己紹介、バンドの紹介、インタビュー、コメント、締めの挨拶。

軽音の舞台監督の作った台本に沿って思いつく限りの場面を想定して、書き上げた原稿は最早、完璧に覚えてしまった。

それでも照明のまぶしさに時々言いよどんだり、汗をかいたりした。

シライさんは時々、バンドの連中の役になりきり、質問にとぼけた答えをしては、笑わせてくれた。すでに緊張しはじめて、表情のかたいボクを和ませてくれようとしたのだと思う。

前日ということで、今日はアマリさんもシライさんも、ボクを元気づけたり、自信をつけさせたりさせるコメントしかしない。

「うん、いいね」

「お〜〜う。今のよかった。よかった」

それで、ボクも、テンションがあがりながらも、なんとか自信らしいものが芽生えた。

「で？　明日、何着るの？」練習を終え、ボクが片付けをしていると、一足先に座って、シェリーを飲み始めたアマリさんが言った。

「さぁ…なんすかねぇ。いつものジーンズに、ライトさんのインタビューの時に来た青いTシャツとかっすかねぇ…」

「は？　あの、ユナポロの、くたびれたやつ？　うっそぉ。

Duplexでしょ？　１２００人、お客さん、来るんでしょ？」

「はい。ただ、コースケも舞台監督も、『自分らしい服で出てくれたら』って言ってましたし」

あ〜あ、とアマリさんは絶望的な顔をした。

「こんだけリハに時間使って、肝心の見せ方、それじゃあ、がっかりだなぁ。盲点だったわね。まさか、あんなシャツ着て出るつもりだとは思わなかったわ」

「いやいや。聖南の学生はみんな派手ですし、対抗しようと思ったって、経済的に無理なんです」

「派手なもんとか、高価なもん、着ろなんて言ってないわ。あたしが知りたいのは、キミは本当にそれを着たくて着ているのかってことよ。とりあえずこんなもんでいいかとか、カッコつけてるって思われたくないからとか、そんな理由でその服を選んでない？

何を着たってかまわないわ。Tシャツだって、ジーンズだって、短パンだっていい。でもさ、最終的に、自分自身がきちんと自己表現のひとつとして、着ているものまで責任を持って選んでいるかっていう議論になると思うわけ。

正解なんかない。ただ、そこまで考えることも、社会人になろうとか、人と違う仕事をしていこうとか、そういう人間には大事な事よ」

「ボクはもっと本質的な部分で人に評価されたいんですよ。表面的なことで評価されたくないというか。見た目なんて、ボクという人間のほんの一部に過ぎないと思うんですよ」

なるほど、じゃあさ、と、アマリさんは続けた。

「ジョン・レノン、なんで好きなの？」

「え？　いや、それは、もちろん音楽ですよ。そして声。それから、若い頃のジョンの、ちょっと生意気な言動とか、ぶっ飛んでる感じとかから始まってですね、晩年のジョンの愛と平和の…」

「じゃあさ、ジョンがデブで不細工でハゲ散らかしてても好きになった？」

ぷーっとカウンターの向こうでシライさんが吹き出した。

「ひっどいなぁ…」

ボクは絵本でよく見るハンプティ・ダンプティのような、殻を剥かれた生卵のようにおでこをつるりと光らせた、太ったジョンを想像しようとした。

確かに、ジョンの発言の説得力が激減するような気さえした。

「人にはそれぞれ、似合った見た目というのがあるのよ。あの声と、目に映るジョン・レノンがキミをファンにしたんだよね。だからジョンの内面を知りたくなる。そうでしょ？」

「は…はい」

ボクは無力に頷いた。

「よっしゃ。そうと決まったら、行こうっ！」

アマリさんはイスから滑るように降り、小さなバッグをひょいと抱えた。

「は？　行こうって、どこへ…？」

「買い物に決まってるじゃないのよ。行くわよっ。レッツゴー！」

Chapter 18

ステージの袖で、アマリさんの見立てのおニューのTシャツとビンテージジーンズに身を包んだボクは、絶望的に震えていた。

もちろん、アマリさんが教えてくれたことは、すべて試した。

ストレッチもしたし、深呼吸もしたし、お腹にチカラを入れる「シュッシュッシュ～」も、「緊張してるんじゃなくって、興奮してるんだ」って自己暗示も、何でもかんでも必死にやった。

それでも、ボクのヒザはガクガクと震え、心臓がバクバクと鳴った。周囲の音がどんどん遠ざかっていた。

5分前のブザーが鳴って、開演中の注意事項のアナウンスが流れた。

1階のスタンディングエリアは、若者で埋めつくされていた。2階には大学関係者や出演者の家族が座り、業界人とおぼしき人の姿もちらほら見える。客席のざわめきとは対照的に、ステージ上の出演者、スタッフ全員が緊張に包まれた。

やがて舞台監督の大山くんがインカムに向かって言った。

「本番1分前です。音響チーム、BGM絞ってオープニングのSEお願いします。照明チーム、客電落としてください。コメンテーター、スタンバイお願いします」

ステージ回りの音響スタッフがボクにマイクを渡してくれた。この日のために、高性能のワイアレスを特別にレンタルしたという。

いつの間にか傍らに立っていたコースケがボクの背中をたたいて、親指を立てた。一歩下がったところにいる橋本くんが冷たい目で無表情にボクを見ていた。

派手なSEと共に登場したボクは、あまりの緊張で、まるで雲の上を歩いているようだった。アマリさんとの特訓もむなしく、たぶん、右足と右手が一緒に出ていたと思う。

圧倒されるほどのスポットライトの明るさに、自分自身が完全に周りの世界と遮断されている感覚にとらわれた。

マイクを掲げて、話しはじめた自分の声が遠くから聞こえてきた。何を話したのか、まったく記憶にない。たぶん、口から自動的に出てくるほど練習したから、挨拶をしたんだろう。

そして、最初のバンドを会場に呼び込んだ。

メンバーの名前を、ボクは2度間違えて呼び、キーボードの女の子の足を踏んづけ、狼狽して、飛び退き…その瞬間に、ぼんっ!と、ものすごい音が会場中に響いた。

気がつけば、足下にマイクが転がっている。

ボクが、マイクを床に落としたのだ。

ワイアレスの高価なマイク。音響チーフの中村くんが、

「くれぐれも、マイクは落とさないでね。性能がいい分、結構もろいんで、すぐ調子が悪くなるし、壊したら弁償しなくちゃいけないから」

と、恐る恐るボクに渡したマイク。会場からくすくす、という笑いが聞こえた。

「大丈夫か」「ちゃんとやれよ、おらぁ～」というヤジが聞こえた。

途方に暮れて舞台の裾を見ると、橋本くんが、ものすごい顔でボクをにらんでいた。

終わった。完全に終わりだ。

惨めな気持ちになって、マイクを拾おうとかがんだ瞬間、客席の一番前で、ボクを必死に見守るユイちゃんと目があった。ボクの中に、温かいものがこみ上げてきた。

同時にアマリさんのことばが蘇ってきた。

「どーせ、無理かも知れないって思ってやるんでしょ？　一世一代の実験みたいなもんよ。ダメなら、もうやらなきゃいいし、なくす物なんかないじゃない？

かき捨て。かき捨て。恥なんかかき捨てよ。楽しんだもん勝ちだからね」

そうだ。誰か一人に向かって話せばいいんなら、ボクはユイちゃんに楽しんでもらおう。

肩の力がすーっと抜けた気がした。ボクは、マイクに向かって話しはじめた。

「あー。すんません。ボク、オタクなもんで、人前で話すとしどろもどろになってまうんですわ。こんな華やかな場所に呼んでもらって、足がまったく地に着いてません。このマイク、むちゃくちゃ高いんですわ。音響さん、めちゃ恐い顔でにらんでますわ。えらい、すんません」

どういうわけか、関西弁でしゃべっていた。

次の瞬間、会場がどっと沸いた。

一番前でユイちゃんが大きな口を開けて笑っていた。

ウケた……。生まれて初めて、こんなに大勢の人が、ボクの話で笑った。

それはボクの人生始まって以来の成功体験だった。

ボクが、しゃべりで人を笑わせた……。そんな思いが、ボクをすっかりリラックスさせてくれた。

＊

夏フェスは大成功のうちに終わった。

どのバンドも素晴らしい演奏を披露し、観客は盛り上がりに盛り上がった。

業界人から声をかけられたバンドも、いくつかあって、みんな大喜びだった。コースケはボクとがっちり握手して、今度は肩を叩いてくれた。

「やるじゃん。わかってたけどね。俺は」

とんとんと肩を叩かれ、振り返ると、そこに橋本くんが立っていた。

「ありがとう。効果的な演出だったと思う」と一言言った。


終演後、アマリさんとシライさんが楽屋を訪ねてくれた。

シライさんは、「よかったよ。ほっとしたね」と言ってくれた。

アマリさんは目と鼻を真っ赤にして、

「よくやった。よくやった。こんな時日本語は、なかなかうまいことばがないね」

と言うと、〝I am proud of you《誇りに思うわ》〟と言って、ボクにハグした。

ボクはみんなの手前、ちょっとだけ照れくさかったけど、それでも、すごく嬉しかった。

達成感ってこういう感じなのかもしれないな。

Chapter 19

〈1〉


夏休みの後半から、「ミュージック・センチュリー」で、編集者のアシスタントをしながら、時々、小さな記事を書かせてもらうという、バイトをはじめることになった。

まだただのバイトだったけど、ここ数年、社員の募集はしていないというオフィスには、ボクのようにバイトから社員になったという人が何人もいた。社員にこだわらなくても、実力がつけば記事はどんどん書かせてもらえるようになるというし、以前は社員だった人で、今はいくつかの雑誌に寄稿している売れっ子ライターもいるという。

社内の人たちは、誰もが音楽に詳しく、しかも、文章がうまい。ボクはたびたび叱られながらも、それでも、毎日が楽しくて仕方がなかった。

やがて新学期がはじまると、今度は卒業に向けての単位の帳尻あわせに追われた。

必修の授業もいくつか危うく、ボクは、教授や講師の先生たちのところに何度も足を運んで、大量のレポートを提出することで単位をもらうという特例を許してもらうことになった。

そんなわけで、バイト、授業、レポート、そして卒論と、ボクの毎日は一気に忙しくなり、毎日のように通っていたLennonにも、顔を出せる日が少なくなった。

そんな自分に後ろめたさを感じなかったわけではない。

アマリさんも日本滞在予定が来年の春までということで、最後の追い込みで忙しいらしく、時々顔を出してもすれ違うことが多くなっていった。

「キミが元気で活躍しているって聞くだけで嬉しいからってアマリさん言ってるよ。心配しなくていいよ」

そんな風にシライさんに言ってもらい、少しほっとしながらも、ボクは毎日を夢中で過ごしているうちに、1週間、また1週間と飛ぶように時間が過ぎていったのだ。

ボクがLennonから足が遠ざかった理由は、もうひとつあった。

ユイちゃんと、つきあうことになったのだ。告白したとか、されたとか、そういうことはなにひとつなくて、大学で待ち合わせて、一緒にごはんを食べるようになり、別れるときに、また翌日の約束をするようになった。

「また明日」と別れた帰り道にすぐメールが来て、時には、朝まで電話で話した。特別なことがあったわけじゃない。ただ、一緒にいたかった。それだけで、ボクの毎日は本当に満たされた。

そしてめくるめくように秋が過ぎ、やがて冬になり、ボクはサンタクロースを信じなくなって以来はじめて、楽しいクリスマスをユイちゃんと過ごした。

小さなケーキを囲んで、二人で「きよしこの夜」を歌った。


年が変わる直前に実家に戻った。

「ミュージック・センチュリー」で働きはじめてから、母親の口調もずいぶん軟化した。

相変わらず、「バイトなんかで大丈夫なのかしらね?」などといいながらも、それでも、ちょっと嬉しそうだった。

そんな話が聞こえているのか、いないのか、父は相変わらず無口で、ほとんど口もきかず黙々と酒を飲んでいた。

東京へ戻る身支度をしていて、ふと、リビングの片隅に、ボクが小さな記事を書いた「ミュージック・センチュリー」が何冊も積まれているのを見つけた。

ボクの怪訝な表情に気づいた母が、あきれたように、それでも微笑みながら言った。

「お父さんたら、本屋さんで見つけるたびに買ってくるのよ」

ボクは、ちょっと泣きそうになった。

よかったよな。これも、アマリさんのおかげだよね。アマリさんがロンドンから帰ってきたら、挨拶に行かなくちゃ。

ボクは心に誓った。


〈2〉


卒論の提出も試験も終わり、なんとか無事に卒業の見込みが出た2月のある日、シライさんから『アマリさんが店に来ているから、キミも来ない?』というメールがあった。

アマリさんは、4月には事業改革を終了して、ロンドンに戻ると言っていたから、そうなると、めったに会えなくなるだろう。シライさんの心配りが嬉しかった。


Lennonの扉を開けると、そこにアマリさんの満面の笑顔が待っていた。顔をくしゃくしゃにして、嬉しそうに、今日は大きく両手を振ってくれた。

Lennonでこの笑顔に会えなくなるのは寂しいよな。

3ヶ月ぶりに会ったアマリさんは、少し疲れた顔をしていた。髪の根元が伸び、白いものが目立っている。珍しくオレンジジュースを飲んでいるようで、コップを握る指先は、ネイルが、すっかり取れていた。

よほど、事業が忙しいんだろうな。ボクはそんな風にぼんやりと思った。

「で？　どーなの？　どーなの？　仕事は順調なの？　ユイちゃんと仲良くやってるの？」

口を開けばいつものアマリさんだ。

ボクは少しほっとしながら、ここ数ヶ月の目まぐるしくも、楽しい日々を話した。

アマリさんはニコニコと頷きながら一所懸命ボクの話に耳を傾けてくれた。


「…というわけで、仕事の方は当分見習いのバイトですし、まだまだどうなるかわかりませんけど、なんとか望んでいた仕事への足がかりをもらいました。ユイちゃんとも仲良くさせてもらって…全部、アマリさんとシライさんのおかげだと思っています。本当にありがとうございました」

「あたしたちが何かした訳じゃないわ。キミ自身が自分と向き合って、行動した結果よ。あたしたちは、ただそばにいて、キミの背中を押したり、おしりを蹴飛ばしたりしただけだから」

そう言って、アマリさんはにやりと笑った。

「とんでもないです。アマリさんの言ってくれたことって、ずっと頭に残るんです。声を出す、その瞬間、誰かと関わる瞬間、話す瞬間に、ふと蘇って、ちょっと意識を変えるだけで、声ってこんな風に自分を引っ張ってくれるんだと感じたことも何度もあります。

ボクははじめ、『声で自分を変える』なんて、半信半疑だったんです。というか、むしろ、うさんくさいと思った。でも、姿勢や呼吸に意識を向けて、だんだんと自分の声、さらには自分自身と向かい合うようになって、少しずつ、自分という人間に自信が持てるようになりました。なんというか、自分とつながっている、というと妙な言い方になっちゃうんですが…。そうして、自分の声がチカラになって、自分をどんどん前に進めてくれるということも、はっきりと実感しました。声が行動になり、行動が自分自身や自分の未来を作る。うまく言えないんですけど」

「充分、饒舌に、うまく話してるじゃない」

そうアマリさんに言われて、ボクは自分が思いの外なめらかに話したことに気づき、はっとした。

「声は自分という人間の扉を開くキーワードみたいなものね。ほら、『開けごま』よ」

アマリさんは自分の表現が秀逸だったと思う時の、得意のどや顔になった。よかった。いつものアマリさんだ。

「自分の扉がばかーっと開いて、外の世界とつながる。内なる自分を確認する。自分の中で埋もれていた宝を引っ張り出し、新しい未来を創造する。そんな扉を、声が開いてくれるんだよね。

声はチカラよ。生きていくチカラ。

絶対に自分を裏切らない、いつだって、そばにいて、キミを勇気づけたり、元気づけたりしてくれる、パートナーでもあるのよ。

そこに気づけたんだから、もうあたしなんか必要ないわ。キミは充分自分で生きていく力を身につけたもんね」

「そんなことないです。まだまだ、教えてもらわなくちゃいけないこと、いっぱいありますよ」

そう言うと、アマリさんはじっとボクを見つめた。

「誰にだって、一本立ちしなくちゃいけないときは来るわ。結局、人は、自分でぶつかって、苦しんだり、喜んだりしながら答えを見つけていくしかないの。

あたしはキミの、これから長く続いていく人生の通過点に立っていた、一人の人間に過ぎないわ。そのうち、あたしの存在はキミの中で薄れていく。それでいいのよ。前進していけば、もっと新鮮で、刺激的で、重要な出会いがたくさんあるわ。前を向いて行かなくちゃだめよ」

そうなのだ。ボクだって、大人にならなくちゃ。ひとりで生きて行かなくちゃ。

そう思うほどにさびしくなった。

「自分を信じるのよ。どこにいても、何をしていてもいい。10年、20年経っても、自分を好きだって言い切れるように、生きていこうね」

そう言ったアマリさんの目には涙が一杯たまっていた。この温かい目に、ボクはどれだけ助けてもらったろう。ボクは泣きそうになって、しばらく自分の手元を見つめていた。

チーンと鼻をかむと、アマリさんはオレンジジュースを飲み干して、明るく言った。

「乾杯しようか。久しぶりに会ったんだから。シライくん、やっぱりシェリーちょうだい」

シライさんは一瞬、アマリさんの顔を見て、何かを言いかけたけど、思い直したように、「はい」と店の奥に入って、いつものシェリーを持ってきた。

「よっしゃ。じゃ、キミの未来に乾杯！」

そうしてアマリさん、シライさん、ボクの3人は、それぞれの飲み物を片手に、この1年半の思い出話をした。


ボクが初めてLennonの扉を開けたとき、「路頭に迷った垢抜けない子羊が、迷い込んできたと思った」とアマリさんが言い、

「正直、キミと俺が似てるって言われたとき、自分の若い頃の垢抜けなかった感じを思い出して、穴があったら入りたくなったよ」とシライさんが言い、

「そこまで言わなくても…」とボクが苦笑し…

そのうちに、店のスピーカーから〝Imagine〟のイントロが流れ始めた。ボクたちは思わず顔を見合わせて微笑んだ。シライさんが、そっとスピーカーの音量を上げた。

この曲がボクをこの店に連れてきてくれた。こんな出会いをくれた。1年半。あっという間だったなぁ。

そんな風に思っていると、アマリさんがジョンと一緒に歌い始めた。

Imagine there's no heaven……

いつか酔っ払って歌った〝Happy Xmas〟とは全然違う。深くて、優しくて、そして、悲しい声だった。その声はボクの胸に染みこんで、ボクはまた泣いてしまいそうになった。

曲が終わって、一口だけシェリーを飲むと、アマリさんはおもむろに席を立ってコートを羽織った。

「ごめんね。ちょっと疲れちゃったから、今日はこれで帰るわ。またね」

ボクは慌てて言った。

「あ、ボク、3月21日に卒業式なんで、その夜ちゃんとご挨拶に来たいんですけど、いらっしゃいますか？」

アマリさんは一瞬ためらうようにボクを見つめて、そして、くしゃっと笑顔になった。

「うん。そうだね。お祝いしなくちゃね。アマリ・スクールも卒業だもんね」

そう言うと、こどもにするように、ボクの頭をくしゃくしゃっとなでて、滑るように扉を出て行った。

エピローグ

卒業式の日は、よく晴れた暖かい一日になった。

大学の講堂は、スーツ、羽織袴、ドレスなど思い思いの服装に身を包んだ卒業生たちで華やかに埋め尽くされた。これで、この校舎に来ることもないのかと思うと、なんとも不思議な気分だった。

近くのホテルで謝恩会、その後は、サークルやゼミの仲間たちで思い思いの場所での二次会になる。

ボクは軽音の連中に混じって、ちょっとだけ飲んだ後、ひとり、Lennon に向かった。

ユイちゃんは女友達とお泊まりでディズニーランドに行くというし、コースケはバンド仲間と朝までクラブで騒ぐと言う。

ボクは、誰よりも大切な二人に、きちんとスーツを着て挨拶をしたかった。

今日は二人にシャンパンをおごらせてもらおう。ボクからの、せめてもの気持ちだ。そして、これからの事をたくさん話そう。

途中の花屋で、ボクは赤いバラの花束を買った。心からの感謝を、何かで示したかったのだけど、花くらいしか思いつかなかった。

それでも、アマリさんは花束を持って登場したボクを見て、「なによぉ」とかって、言いながら、顔をくしゃくしゃにして、目をうるうるさせながら、オーバーリアクションしてくれるだろう。

そんな風に思うだけで、照れくさいけど、ちょっとわくわくした。

＊

Lennon の扉を開けると、アマリさんはまだ来ていないようだった。

染み渡るような音量で、〝White Album《ホワイトアルバム》〟が流れていた。

店の奥からシライさんが顔を出した。

「やぁ。見違えちゃったなぁ。本当に卒業おめでとうだね」

そう言うと、ボクの抱えた花束を見て、静かに微笑んだ。

「ありがとうございます。アマリさんはまだですか？」

シライさんは目を伏せて、無言のまま、奥に入ると、シャンペンのボトルを持ってきた。

「これ、アマリさんからの卒業のプレゼントなんだ」

そう言って、ボトルを開け始めた。

ボクは慌てて言った。

「あ、いえ。今日は、ボクにこのお金出させて下さい。今日はそういうつもりで来たんです。それに、せっかくならアマリさんが来るまで待ちませんか？　一緒に乾杯したいです」

ボクの言葉が聞こえなかったかのように、シライさんはボトルのコルクをひねった。

そして、グラスにシャンペンを注ぎながら、つぶやくように言った。

「アマリさん、今日は来られないんだ」

「え？」

シライさんは無言のまま、注意深くボクにグラスを渡して、言った。

「卒業おめでとう。乾杯」と言って、ボクのグラスと自分のグラスをそっとぶつけた。

「あ、ありがとうございます」

ボクは、ちょっと当惑しながらも、そうお礼を言った。

しばらくすると、シライさんは、スピーカーの音量を下げて、床を見つめながら言った。

「アマリさん、ロンドンに戻ったんだ」

「え？　だって2月に帰ってきたばかりじゃないですか？　この間だってなんにも言ってなかったし。なんかあったんですか？」

なんだか胸騒ぎがした。

シライさんは疲れたようにカウンターの中にある小さな椅子に腰を下ろし、下を向いたまま押し黙った。やがて、決心したように顔を上げると、ボクに言った。

「アマリさん、体調が悪いらしいんだ。それでロンドンの病院にしばらく入院するらしい」

「え？　病気ですか？　なんの病気ですか？」

シライさんはため息をひとつつくと、言った。

「詳しいことは教えてくれなかった。

2月にロンドンで突然具合が悪くなって、病院に運ばれたって。病気が、かなり進行している可能性が高いから、すぐに検査入院して、その結果次第では、即、手術した方がいいと言われたらしいんだ」

ボクは目の前がぐらぐらと揺れはじめるのを感じた。

シライさんの言っている意味を理解するまでにタイムラグがあった。

「ガン…でしょうか？」

しばし間があって、シライさんは言った。

「かもしれない。そうではないかもしれない。

どちらにしても、命に関わる病気の可能性があるってことだと思う。

それで、あの人らしいよな、日本でやり残した仕事を片付けなければ入院なんかできない、と2週間だけ無理矢理帰ってきたんだ。

その、やり残した仕事のひとつが、オレたちに会うことだったって、言ってたよ」

シライさんはそのまま、腕組みをすると、下を向いて黙り込んだ。

「なんで…なんで…あの時…一言くらい。ボクに言ってくれたって…」

ボクは情けなかった。

抱えてきた花束が、ひどくくだらないものに見えた。

なんで、言ってくれなかったんだ。

なんで、ボクに、一言くらい言ってくれなかったんだ。

ボクはアマリさんに言わなきゃいけないこと、言いたいこと、まだまだたくさんあるじゃないか。

アマリさんに、ちっぽけなお礼さえできなかったじゃないか…。胸が締め付けられる思いだった。

やがて、シライさんが再び話しはじめた。

「アマリさん、昔から言ってたんだ。

『あたしは元気でパワーのあるときにしかみんなに会わないわ。年老いたり、病気で弱ったり、そんな自分をみんなに見て欲しくない。あたしはみんなに、パワフルでカッコよくて、いっつも笑っている女だったとだけ覚えていて欲しいのよ。あの人に会うと、いっつも元気になったよねって、そう話して欲しいの。

だから、病気になったり、自分で本当に老いたと感じたら、あたしはみんなの前から姿を消すからね。

人間、所詮、華麗に散ることなんか無理だもん。あたしだって人間だから、弱っている時に、キミたちの顔を見たり、声を聞いたりしたら、絶対に弱音を吐いちゃうと思う。そしたら、キミたちは心配するじゃない？　悲しいじゃない？　だから、メールとか、手紙とかも、絶対出さないから。

アマリさん、またどっかにすっ飛んでっちゃった。って思ってくれたらいいのよ。

どっかであたしが元気で生きていて、いつか後ろからひょいと頭をどつかれそうな気がする、って、一生思い続けてくれたら、それでいい。

キミたちはキミたちの人生を、一所懸命生きなさい』……ってね」

シライさんの声は、もう声になっていなかった。

シライさんは泣いていた。ボクも、一緒に、泣いた。


しばらくして、シライさんは涙を拭いて立ち上がった。

そして、棚から、小さな封筒を手に取って、ボクに渡した。

「これ、キミへの卒業のプレゼントだって」

封筒はずしりと重かった。封を開けると、中からキーホルダーが滑り落ちた。

〝Voice《声》 is the《が》 Key《カギ》〟というメッセージが、円を描くように彫り込まれた、シルバーの、アマリさんらしい、オシャレなキーホルダーだった。

チェーンの付け根にはボクのイニシャルが彫られていた。

「キミにどうしてもそれを贈りたいって、ずいぶん前から準備していたんだ」

封筒の中に、ぴったりと吸い付くように、カードが入っていた。

表紙には Thank you《ありがとう》と書かれている。そっとカードを開くと、そこには、いつもの万年筆で書かれたに違いない、アマリさんの筆跡で、3行の言葉が並んでいた。

〝卒業おめでとう。
これからは、キミの声が　ずっとキミを支えてくれるよ
あたしの人生に関わってくれて、ありがとう
アマリ〟

文字がにじんで見えなくなった。

カッコつけすぎだろ。勘弁してよ、アマリさん。こういう演出…。

〝Good Night《グッドナイト》〟が始まって、ボクは思い切って席を立った。

このままここで、うなだれていてはいけない気がした。

「帰って来ますよね？　アマリさん」

「うん、帰ってくるさ。きっと帰ってくるよ」

「あそこに座って、『よ』とかって2本指立てて、顔くしゃくしゃにして、ボクたちと大笑いして…。絶対、帰って来ますよね」

シライさんは頷いて、ボクとしっかりと握手した。

「オレたちはオレたちの人生を、一所懸命生きようね。がんばれよ。仕事」

＊

ボクはアマリさんにメールを送った。

はじめは長いお礼のメールを、そして、新たに任されるようになった仕事のことを、ユイちゃんとのことを、時折訪れるLemonで出会う人たちのことを…何通も、何通も送り続けた。

結局、返事は一通も来なかった。

それでもボクは、アマリさんがどこかで、にっこり笑いながら、ちゃんとボクのメールを読んでくれていることを知っていた。

THE END

大槻水澄(MISUMI)

ボイストレーナー。ボーカリスト。有名アーティストやビジネスエグゼクティブにボイストレーニングを提供するマジカルトレーニングラボ主宰。

「歌もルックスもダメ」「絶対にプロになれない」と言われたアマチュア時代から、海外の一流シンガーたちの歌 300 曲以上を徹底してマネすることで、声を自在にあやつるテクニックを体得。ボーカル、バックボーカル、コーラスアレンジャー、英作詞家として、ロート製薬、サントリー「-196℃」、資生堂「アネッサ」など 500 曲以上の CM、CD 制作に携わる。

1992 年より 2 年間、ニューヨーク、トロント、ロンドンなどを転々とし、武者修行。40 才を目の前にロック・バンド・URUGOME のボーカリストとしてメジャデビュー。英作詞家としての JASRAC 登録作品は 100 曲以上など、異色の経歴を持つ。
1998 年、レッド・ツェッペリンに敬愛されたことで世界的に有名なイギリスのアーティスト、Roy Harper のアルバム『Dream Society』に参加。現在も自らのバンド Dazy's などでライブ活動を続ける現役ボーカリスト。

「鉄のノドを持つおんな」と異名を取る自らの強靭な声を徹底分析するとともに、解剖学、フィジカル・トレーニング、呼吸法などを独学で学び、独自のメソッドを開発。6 日間でヴォーカルの基礎のすべてを学ぶ『ＭＴＬヴォイス & ヴォーカル Lesson12』など、さまざまなワークショップを開講。注目を集めている。

オフィシャル・ブログ『声出していこうっ！』はこれまでに 100 万人以上にアクセスされた。

著書『「自分」が伝わる声チカラ』(ディスカヴァー・トゥエンティワン)ほか。

この物語に登場する人物、場所、企業名、団体名は
ジョン・レノンなど海外のアーティスト名、作品名を除いて、
すべてフィクションです。

モデルになった人物や場所はありますが、
すべてが周到に混合、再編されており、
そのままの形でわかりやすく表現されているものは
ひとつもありません。

"Lennon" ～ボクの声が叶えてくれたこと～

2020年2月21日　初版第1刷発行

著　者　　大槻水澄（MISUMI）

発　行　　㈱アーバンプロ出版センター
〒182-0006 東京都調布市菊野台2-23-3-501
TEL 042-489-8838　FAX 042-489-8968
URL http://www.urban-pro.com　振替 00190-2-189820

印刷・製本　シナノ

　ISBN9784899810216 C0093